クレオパトラと名《めい》探《たん》偵《てい》！

タイムスリップ探偵団《たんていだん》 古代《こだい》エジプトへ

楠《くすの》木《き》誠《せい》一《いち》郎《ろう》／作《さく》　たはらひとえ／絵《え》

講談社 青い鳥文庫

もくじ

登《とう》場《じょう》人《じん》物《ぶつ》紹《しょう》介《かい》 4

① 人《ひと》は見《み》た目《め》が何《なん》パーセント？ 6

② 目《め》覚《ざ》めた場《ば》所《しょ》は……！ 23

③ エジプトにタイムスリップ！ 34

④ 「クレオパトラさんは鼻《はな》が高《たか》い」？ 60

⑤ あの方《かた》がやってくる！ 74

⑥ 美容《びよう》第一《だいいち》！ エジプト料理《りょうり》 94

⑦ クレオパトラさんが消《き》えた！ 112

⑧ 身代《みが》わりを立《た》てる!? 123

⑨ アレクサンドリア侵入作戦《しんにゅうさくせん》 144

⑩ 麻美《あさみ》パトラ参上《さんじょう》！ 168

⑪ 人《ひと》は見《み》た目《め》じゃない!? 191

⑫ 「何《なん》か国語《こくご》も話《はな》せた」？ 202

⑬ 「毒蛇《どくじゃ》に咬《か》ませて自殺《じさつ》した」？ 223

あとがき 244

登《とう》場《じょう》人《じん》物《ぶつ》紹《しょう》介《かい》

古代《こだい》エジプト、プトレマイオス朝最後《ちょうさいご》の女王《じょおう》。世界三大美女《せかいさんだいびじょ》のひとり。18歳《さい》で女王《じょおう》になり、ローマとの外交《がいこう》などで活躍《かつやく》した。

クレオパトラの付《つ》き人《びと》。清楚《せいそ》な美人《びじん》。

カエサル

古代《こだい》ローマの軍人《ぐんじん》・政治家《せいじか》。

プトレマイオス13世《せい》

クレオパトラの弟《おとうと》。エジプト王《おう》の座《ざ》をめぐって、対立《たいりつ》している。

堀《ほっ》田《た》亮《りょう》平《へい》

大食《おおぐ》いならまかせといて！の中学《ちゅうがく》1年生《ねんせい》。時代《じだい》劇《げき》ファン。

遠《とお》山《やま》香《かお》里《り》

勉強《べんきょう》もスポーツも、なんでもできるしっかり者《もの》の中学《ちゅうがく》1年生《ねんせい》。

氷《ひ》室《むろ》拓《たく》哉《や》

スポーツは得意《とくい》だけど、勉強《べんきょう》は得意《とくい》じゃない中学《ちゅうがく》1年生《ねんせい》。映画《えいが》が大好《だいす》き。

上《かみ》岡《おか》蓮《れん》太《た》郎《ろう》

上野《うえの》の歴史《れきし》風俗《ふうぞく》博物館《はくぶつかん》の中《なか》にある「上岡写真館《かみおかしゃしんかん》」オーナー兼《けん》カメラマン。じつはタイムトリッパー。

高《たか》野《の》 護《まもる》

「名曲喫茶《めいきょくきっさ》ガロ」のマスター。上岡《かみおか》さんとはカメラ同好会《どうこうかい》の仲間《なかま》。

野《の》々《の》宮《みや》麻《あさ》美《み》

タイムスリップをくりかえしていた女子大生《じょしだいせい》。香里《かおり》たち3人《にん》のお姉《ねえ》さん的《てき》存在《そんざい》。

はじめに

香里《かおり》・拓哉《たくや》・亮平《りょうへい》は幼《おさな》なじみの同級生《どうきゅうせい》。小学《しょうがく》6年生《ねんせい》の夏《なつ》のこと。3人《にん》は偶然《ぐうぜん》、明《めい》治《じ》時代《じだい》へとタイムスリップ！　それ以来《いらい》、3人《にん》は何度《なんど》も思《おも》いがけずに過去《かこ》にタイムスリップしては、歴史上《れきしじょう》の人物《じんぶつ》に出会《であ》い、いっしょに謎《なぞ》を解《と》いてきた。

さて、今回《こんかい》のタイムスリップは!?

タイム

香里《かおり》の愛犬《あいけん》。じつは……？

①人《ひと》は見《み》た目《め》が何《なん》パーセント？

「やけにご機嫌《きげん》だけど、年末年始《ねんまつねんし》のあいだに、ふたりだけでどこかにタイムスリップしたりしてない？」

ベージュのダッフルコートを着《き》たわたし――遠山香里《とおやまかおり》――は、左《ひだり》を歩《ある》く氷室拓哉《ひむろたくや》くん、右《みぎ》を歩《ある》く堀田亮平《ほったりょうへい》くんにきいた。

わたしたちは音羽神社《おとわじんじゃ》に初詣《はつもうで》に行《い》った帰《かえ》りだ。

あ、そうそう、わたしたち三人《にん》は幼稚園《ようちえん》のときから幼《おさな》なじみ。中学《ちゅうがく》一年《ねん》の冬休《ふゆやす》み中《ちゅう》で、正月《しょうがつ》の三《さん》が日《にち》が過《す》ぎたあたり。

ちなみに、拓《た》っくんと亮平《りょうへい》くんは地元《じもと》、東京都文京区《とうきょうとぶんきょうく》の公立中学校《こうりつちゅうがっこう》で、わたしは中学受《ちゅうがくじゅ》験《けん》して私立桜葉女子学園中学校《しりつさくらばじょしがくえんちゅうがっこう》に通《かよ》ってる。

わたしたちは、看板《かんばん》に「男坂《おとこざか》」と書《か》かれた細《ほそ》く長《なが》い石段《いしだん》を下《お》りているところだ。

ダウンジャケット姿《すがた》の拓《た》っくんが、腕組《うでぐ》みをしながら、手《て》をひらひらさせる。

「亮平《りょうへい》とふたりきりでタイムスリップなんてしてしてないよ。なあ、亮平《りょうへい》。」

ジャンパーを着《き》た亮平《りょうへい》くんも、手《て》をひらひら。

「してない、してない。そういう香里《かおり》ちゃんこそ、どうなの？」

「してるわけないでしょ。タイムスコープが買《か》えたりすればともかく。」

タイムスコープというのは、そもそも、わたしたちタイムスリッパーを見張《みは》っている時《じ》間管理局《かんかんりきょく》が開発《かいはつ》した時界移動装置《じかいいどうそうち》のことだ。あれさえあれば、好《す》きなときに好《す》きなところに行《い》くことができる。

わたし、拓《た》っくん、亮平《りょうへい》くんは、三人《にん》そろって空《そら》を見上《みあ》げた。わたしだけじゃなく、拓《た》っくんと亮平《りょうへい》くんの頭《あたま》の上《うえ》にも、吹《ふ》き出《だ》しみたいにタイムスコープが浮《う》かんでいるにちがいなかった。

また石段《いしだん》を下《お》りながら、拓《た》っくんが独《ひと》り言《ごと》のようにいう。

「もし売《う》ってたら、香里《かおり》ちゃんなら買《か》えそうじゃん。お年玉《としだま》も多《おお》そうだし。」

「いえてる〜。」

亮平《りょうへい》くんも、わたしの顔《かお》を見《み》てくる。

ふたりとも、わたしのパパが東京学術大学理学部《とうきょうがくじゅつだいがくりがくぶ》の物理学《ぶつりがく》の教授《きょうじゅ》で、ママが売《う》れっ子《こ》ミステリー作家鮎川里紗《さっかあゆかわりさ》って知《し》ってるから、きっとお年玉《としだま》が多《おお》いにちがいないって思《おも》ってるんだろう。

拓《た》っくんが、すぐに話題《わだい》をそらした。

「お年玉《としだま》で、なに買《か》おうかなあ。やっぱ、映画《えいが》のDVD《ディーブイディー》かなあ。亮平《りょうへい》は？」

「おれは、もちろん歴史《れきし》SF《エスエフ》シミュレーションゲーム！　年末《ねんまつ》にさ、すごいのが出《で》たばっかりなんだよ。」

「テレビのコマーシャルでやってるやつ？　たしかタイトルは……。」

拓《た》っくんと亮平《りょうへい》くんが同時《どうじ》にさけぶ。

「『戦国屍城《せんごくしじょう》——ゾンビの群《む》れから城《しろ》を守《まも》れ！』！」

笑《わら》いながら、拓《た》っくんがわたしにきいてくる。

「タイムスコープは冗談《じょうだん》としても、香里《かおり》ちゃんはなに買《か》うの？」

「貯金《ちょきん》。」

「えっ。」

拓《た》っくんと亮平《りょうへい》くんの足《あし》の動《うご》きが止《と》まる。

拓《た》っくんがいう。

「香里《かおり》ちゃん、いつもいいもの身《み》につけたり、持《も》ってたりしてるから、なんでもホイホイ買《か》っちゃうのかなって思《おも》ってたけど、意外《いがい》にしっかりしてるんだね。」

「意外《いがい》っていうのはよけいです。お年玉《としだま》も、進学祝《しんがくいわ》いでもらったお金《かね》も、ふだんのお小遣《こづか》いの残《のこ》りも、ぜーんぶ貯金《ちょきん》してる。」

その拓《た》っくんが、目《め》をぱちくりさせて、いまのわたしの話《はなし》を聞《き》かなかったような顔《かお》つきをわざとしてから、いった。

「これから『TATSUYA《タツヤ》』に行《い》って、おれはDVD《ディーブイディー》、亮平《りょうへい》はゲームを買《か》うつもりなんだけど、香里《かおり》ちゃん、どうする?」

「つきあうに決《き》まってるでしょ。ねえ、タイム?」

「ワン!」

わたしは、両手《りょうて》で抱《だ》いているタイムを見下《みお》ろした。

タイムは、タイムスリップした先《さき》の平安時代《へいあんじだい》からついてきたわんこ。左目《ひだりめ》のまわりが、なぐられたボクサーみたいに円《まる》く黒《くろ》い。

「じゃあ、行《い》こう！」

テンションあげあげの亮平《りょうへい》くんが両手《りょうて》を突《つ》き上《あ》げた。

左《ひだり》の手首《てくび》にはG－SHOCK《ジーショック》みたいな黒《くろ》い時計《とけい》をはめている。色《いろ》は黒《くろ》で樹脂製《じゅしせい》。本体《ほんたい》と同《おな》じ黒《くろ》の文字盤《もじばん》に蛍光塗料《けいこうとりょう》が塗《ぬ》られた長針《ちょうしん》と短針《たんしん》がついたアナログ時計《どけい》だ。

拓《た》っくんとわたしの左手首《ひだりてくび》にもはめられている。

上野《うえの》の歴史風俗博物館《れきしふうぞくはくぶつかん》のなかにある「上岡写真館《かみおかしゃしんかん》」のオーナー兼《けん》カメラマンの上岡蓮太郎《かみおかれんたろう》さんがクリスマスプレゼントにくれた腕時計型同時通訳装置《うでどけいがたどうじつうやくそうち》だ。いまの時代《じだい》にはない未来《みらい》のものだ。

音羽神社《おとわじんじゃ》の石段《いしだん》を下《お》りきって、平坦《へいたん》な道《みち》を歩《ある》きだしたとき、拓《た》っくんと亮平《りょうへい》くんの顔《かお》が同時《どうじ》に動《うご》いた。

なにかを目《め》で追《お》っている。

そっちのほうに目《め》をやると、まるでテレビ画面《がめん》から出《で》てきたような、振《ふ》り袖姿《そですがた》の美少女《びしょうじょ》が、両親《りょうしん》といっしょに歩《ある》いてくるところだった。

わたしは、わざときいた。

「きれいな着物《きもの》ね。」

「きれいなのは……。」と拓《た》っくん。

「……顔《かお》だよ。」と亮平《りょうへい》くん。

まるで「奇跡《きせき》」といってもいいくらい、女《おんな》のわたしでも見《み》とれるほどの美少女《びしょうじょ》だ。

拓《た》っくんと亮平《りょうへい》くんは、鼻《はな》の下《した》を伸《の》ばしてる。ほ、ほんとに伸《の》びてる。

んもう！

「タイム、つかまってて。」

わたしはタイムから両手《りょうて》を放《はな》すと、美少女《びしょうじょ》から目《め》を離《はな》せないでいる拓《た》っくんと亮平《りょうへい》くんの顔《かお》の前《まえ》で手《て》を振《ふ》ってみせた。

拓《た》っくんと亮平《りょうへい》くんが同時《どうじ》にいった。

「橋本《はしもと》さん！」

振《ふ》り袖姿《そですがた》の美少女《びしょうじょ》、橋本《はしもと》さんが立《た》ち止《ど》まる。

「あ、氷室《ひむろ》くんと堀田《ほった》くん。――あけましておめでとうございます。」

橋本《はしもと》さんの両親《りょうしん》も会釈《えしゃく》してくれたので、拓《た》っくん、亮平《りょうへい》くんにつづいて、わたしも手《て》をおろし、タイムを両手《りょうて》でしっかり抱《だ》きかかえたまま頭《あたま》を下《さ》げた。

「あけましておめでとうございます！」

橋本《はしもと》さんが両親《りょうしん》にいう。

「同《おな》じクラスの男《おとこ》の子《こ》なの。」

そして拓《た》っくんと亮平《りょうへい》くんにきく。

「初詣《はつもうで》？」

拓《た》っくんと亮平《りょうへい》くんが「そう！」とうなずくと、橋本《はしもと》さんがわたしのほうを見《み》てきた。

「お友《とも》だち？」

「幼稚園《ようちえん》からの腐《くさ》れ縁《えん》。」

え～、腐《くさ》れ縁《えん》だなんて！

わたしは自己紹介《じこしょうかい》した。

「遠山香里《とおやまかおり》です。ふたりとは幼稚園《ようちえん》からの幼《おさな》なじみなんです。」

小学校《しょうがっこう》六年《ねん》の夏休《なつやす》みに入《はい》った日《ひ》から、三人《にん》いっしょに何十回《なんじっかい》もタイムスリップしていることは、だまっておいた。

すると橋本《はしもと》さんのお母《かあ》さんが、穏《おだ》やかに微笑《ほほえ》みながらいった。

「二学期《がっき》の途中《とちゅう》で転校《てんこう》してきたので、まだ、わからないことがたくさんあると思《おも》いますから、いろいろ教《おし》えてくださいね。」

橋本《はしもと》さんが、両親《りょうしん》に声《こえ》をかける。

「ちょっとお話《はなし》したいから、ママとパパは先《さき》に神社《じんじゃ》でお参《まい》りしてて。すぐ行《い》くから。」

「いいわよ。先《さき》に行《い》くわね。」

会釈《えしゃく》して、橋本《はしもと》さんの両親《りょうしん》は石段《いしだん》のほうへ歩《ある》いていった。

父親《ちちおや》と母親《ははおや》に手《て》を振《ふ》っている橋本《はしもと》さんの背中《せなか》を見《み》ながら、わたしは、拓《た》っくんと亮平《りょうへい》くんの腕《うで》をつかんで引《ひ》き寄《よ》せ、小声《こごえ》でいった。

「たしかに美少女《びしょうじょ》かもしれないけど、ふたりもデレデレしすぎよ！」

すかさず拓《た》っくんがいいかえしてくる。

「橋本《はしもと》さん、かわいいよ！　だって、人《ひと》は見《み》た目《め》が……。」

拓《た》っくんがそこまでいったところで、亮平《りょうへい》くんが小声《こごえ》でつづけた。

「……百パーセント！」

「サイテー。」

わたしは、タイムを抱《だ》いて、さっさと歩《ある》きはじめた。

うしろから声《こえ》が聞《き》こえてきた。

――「ねえ、氷室《ひむろ》くん！　堀田《ほった》くん！」

――「なに〜。」

――「な〜に〜。」

ふたりとも、わたしの前《まえ》では発《はっ》しないような猫撫《ねこな》で声《ごえ》を出《だ》している。

――「これからどこ行《い》くの？」

橋本《はしもと》さんがきく。

――「おれたち、音羽商店街《おとわしょうてんがい》の『TATSUYA《タツヤ》』に行《い》くんだ。」

――「橋本《はしもと》さん、来《く》る？」

拓《た》っくんにつづいて亮平《りょうへい》くんがいう。

そのとき、タイムの鼻《はな》が、くんくん動《うご》いた。

わたしは立《た》ち止《ど》まった。

「あ、いい匂《にお》い。なんの匂《にお》いだろ。」

わたしがつぶやくと、亮平《りょうへい》くんの声《こえ》が聞《き》こえてきた。

――「これ、バターの匂《にお》いだよ。バターでオムレツを焼《や》いてる匂《にお》いだよ。たんぽぽオムライスと同《おな》じような匂《にお》いだもん。」

――「よっ、『堀田食堂《ほったしょくどう》』の二代目《だいめ》！」

――「おれんちは『レストラン堀田《ほった》』！　いい加減《かげん》、覚《おぼ》えてくれよ。っていうか、拓《たく》哉《や》、おまえ、わざといってるだろ。」

音羽商店街《おとわしょうてんがい》の一角《いっかく》にある「レストラン堀田《ほった》」で、自称《じしょう》「洋食《ようしょく》の鉄人《てつじん》」のお父《とう》さんが作《つく》る料《りょう》理《り》はなんでもおいしい。なかでも看板《かんばん》メニューの「たんぽぽオムライス」は絶品《ぜっぴん》なのだ。

――「堀田《ほった》くんち、ひょっとして洋食屋《ようしょくや》さん!?　行《い》ってみたーい。」

橋本《はしもと》さんがすぐさま反応《はんのう》する。

――「えへへ。いつでもおいでよ。ごちそうしてあげる。」

――「ほんと!? うれしーっ!」

さらに鼻《はな》の下《した》を伸《の》ばしている亮平《りょうへい》くんの顔《かお》を思《おも》い浮《う》かべた。

わたしは、あたりを見《み》わたした。

神社《じんじゃ》の石段《いしだん》を下《お》り、次《つぎ》の左角《ひだりかど》に新《あたら》しい店《みせ》ができていた。

角《かど》を曲《ま》がる。

ひよこの絵《え》が描《か》かれた、かわいい看板《かんばん》が目《め》に入《はい》った。

「おむれつ『ABC《エービーシー》』」。

白《しろ》く塗《ぬ》られた板《いた》の上《うえ》に、黄色《きいろ》い文字《もじ》で「A《エー》」「B《ビー》」「C《シー》」と書《か》かれた積《つ》み木《き》が貼《は》られている。

建物《たてもの》はというと、ロッジ風《ふう》で、壁板《かべいた》が白《しろ》く塗《ぬ》られている。おしゃれなたたずまい。

――「うまそうな店《みせ》!」

拓《た》っくんがいうと、亮平《りょうへい》くんが「ちっちっちっ。」と舌《した》を鳴《な》らした。きっと人差《ひとさ》し指《ゆび》を立《た》ててる。

――「見《み》た目《め》はいいけどさ。味《あじ》はどうかな。『レストラン堀田《ほった》』の『たんぽぽオムライス』のほうがうまいに決《き》まってる！」

「ふーん、食《た》べものは見《み》た目《め》じゃないのね〜。」

わたしは横目《よこめ》で亮平《りょうへい》くんのほうを見《み》た。

「な、なに……。」

亮平《りょうへい》くんが少《すこ》し引《ひ》き気味《ぎみ》になって、わたしのほうを見《み》てきた。

そのときだった。

「ひゃん！」

タイムが鳴《な》く。

「なに？　タイム。」

ぐらっ。地面《じめん》が揺《ゆ》れた。

地震《じしん》だ。

わたしは両足《りょうあし》を踏《ふ》んばったまま、タイムを抱《だ》きしめた。

揺《ゆ》れがつづく。

けっこう大《おお》きい。

わたしは地震《じしん》の大《おお》きさを予想《よそう》していた。

震度《しんど》三？　四？　五？

――「橋本《はしもと》さん！」

拓《た》っくんと亮平《りょうへい》くんの声《こえ》が聞《き》こえる。ふたりが橋本《はしもと》さんのもとに駆《か》け寄《よ》っているのが想《そう》像《ぞう》できた。

なによ、もう！　ここにも美少女《びしょうじょ》がいるっていうのに！　幼稚園《ようちえん》のころから、ふたりとも、わたしのボディーガードじゃなかったわけ？

そのとき！

大《おお》きな音《おと》とともに、「おむれつ『ABC《エービーシー》』」の看板《かんばん》が、わたしの頭上《ずじょう》から落《お》ちてきた。

――「香里《かおり》ちゃん！」

こんどは、拓《た》っくんと亮平《りょうへい》くんのマジな声《こえ》が聞《き》こえてくる。

わたしは、タイムを抱《だ》いたまま、よけた。

わたしのすぐ脇《わき》に看板《かんばん》が落《お》ちる。

落《お》ちた看板《かんばん》から積《つ》み木《き》の「C《シー》」がはずれて、宙《ちゅう》を舞《ま》った。看板《かんばん》の文字《もじ》だから、ひとつの文字《もじ》が図鑑《ずかん》くらいの大《おお》きさ。

自分《じぶん》のことは自分《じぶん》で……。

「……守《まも》れるの！　『C《シー》』飛《と》んでこないでよ！」

わたしは右足《みぎあし》で積《つ》み木《き》の「C《シー》」を思《おも》いっきり蹴《け》とばした。

「あっ。」

蹴《け》とばした積《つ》み木《き》の「C《シー》」が、拓《た》っくんと亮平《りょうへい》くんのほうに飛《と》んでいき、ふたりのあごに命中《めいちゅう》。まるでボクシングのアッパーカットのように。

拓《た》っくんと亮平《りょうへい》くんが仰向《あおむ》けに吹《ふ》っ飛《と》ぶのが見《み》えた。

橋本《はしもと》さんは、拓《た》っくんと亮平《りょうへい》くんから少《すこ》し離《はな》れたところに立《た》ちつくしている。その顔《かお》は、恐怖《きょうふ》からか、引《ひ》きつっていた。

「ごめーん！　だいじょうぶ!?」

わたしは、拓《た》っくんと亮平《りょうへい》くんのほうへ駆《か》け寄《よ》った。

ぐらっ。まだ揺《ゆ》れがつづいている。

わたしはバランスを失《うしな》って、ふたりの上《うえ》にうつぶせに倒《たお》れこんでいった。
タイムがわたしにしがみつく。
目《め》の前《まえ》が真《ま》っ白《しろ》になった。

②目覚《めざ》めた場所《ばしょ》は……！

真《ま》っ暗《くら》だった。

わたしは目《め》を覚《さ》ましたけど、目《め》の前《まえ》が真《ま》っ暗《くら》だったのだ。

な、なに、なに!?

なにがなんだかさっぱりわからず、パニックになりそうだった。

たしか、地震《じしん》が起《お》きて……「おむれつ『ABC《エービーシー》』」の看板《かんばん》が落《お》ちて……積《つ》み木《き》の「C《シー》」がはずれて……わたしが蹴《け》とばして……拓《た》っくんと亮平《りょうへい》くんのあごに命中《めいちゅう》して……。

だとしたら、ここは「おむれつ『ABC《エービーシー》』」じゃないとおかしい。

じゃなければ、目《め》の前《まえ》が真《ま》っ白《しろ》になったわけだから、またまたタイムスリップしたわけだ。

で、ここ、どこ？　いつ？

だいいち、すごく暑《あつ》い！　ダッフルコート着《き》てるから、冬《ふゆ》なら暖《あたた》かいと思《おも》うはず。でも、暑《あつ》い！　めちゃくちゃ暑《あつ》い！　髪《かみ》の毛《け》のなかから汗《あせ》がたれてくる。

「クゥ〜ン。」

わたしの腕《うで》のなかでタイムが苦《くる》しそうに鳴《な》く。

「そうよね、苦《くる》しいよね。いま、動《うご》く。」

でも動《うご》きづらい。

わたしの身体《からだ》、お行儀《ぎょうぎ》よく仰向《あおむ》けに寝《ね》てる姿勢《しせい》になってる！

な、なんなの!?

わたしは起《お》き上《あ》がろうとした。

ゴン！

音《おと》がして、額《ひたい》を打《う》った。

「いったーい！」

打《う》った前頭部《ぜんとうぶ》をさすろうと思《おも》ったけど、右手《みぎて》も左手《ひだりて》も動《うご》かせない。

右《みぎ》に、左《ひだり》に動《うご》こうとしたけど、動《うご》かない。

なにか、とても狭《せま》いところに入《い》れられてて、ぴっちぴち、ってかんじ。

わたしは、イヤな予感《よかん》がしていた。

ひょっとして、わたしとタイム、あの地震《じしん》で、じつは死《し》んじゃって……棺桶《かんおけ》に入《い》れられちゃったんだけど……棺桶《かんおけ》のなかで生《い》き返《かえ》ったとか？　え、マジ!?　ウソでしょ！

わたしの想像《そうぞう》はつづいた。

ってことは、棺桶《かんおけ》に入《い》れられたまま、火葬場《かそうば》に運《はこ》ばれて、焼《や》かれちゃう！　だ、ダメ！

焼《や》かないで！　死《し》んじゃう！

ちょっと待《ま》つのよ、香里《かおり》。

わたしは冷静《れいせい》になって考《かんが》え直《なお》してみる。

わたし、ほんとうは死《し》んでて、いま幽体離脱《ゆうたいりだつ》してる？

いやいやいや。

わたし、生《い》きてる。

生《い》きてる、って実感《じっかん》あるもの！

動《うご》かなきゃ！

わたしは頭《あたま》を動《うご》かした。

前頭部《ぜんとうぶ》が痛《いた》かったけど、そんなこと、かまっていられない。

そのとき、どこか遠《とお》くから声《こえ》が聞《き》こえてきた。

――「おい、運《はこ》べ。」

――「なんか重《おも》いぞ。」

動《うご》いてる。棺桶《かんおけ》が動《うご》いてる。

ダメ！　焼《や》かれちゃう！

わたしは声《こえ》をはりあげた。

「ダメーっ！　わたし、生《い》きてる！　生《い》きてる！　やめて！　焼《や》かないで！」

なにも聞《き》こえない。

「タイムも吠《ほ》えて。」

「ウ～、ワン！　ワンワン！」

――「待《ま》て。いま、人《ひと》の声《こえ》と、犬《いぬ》が吠《ほ》える声《こえ》、聞《き》こえなかったか。」

「わたし、生《い》きてる！　助《たす》けて！」
「ワン！　ワンワン！」
――「置《お》け！　開《あ》けろ！」
別《べつ》の男《おとこ》の人《ひと》の声《こえ》がする。
――「おい、こっちからも声《こえ》がするぞ。」
また、別《べつ》の男《おとこ》の人《ひと》の声《こえ》。
――「こっちもだ！」
最初《さいしょ》の人《ひと》の声《こえ》。
――「開《あ》けろ！　ぜんぶ開《あ》けろ！」
がたごと、と音《おと》がしていたかと思《おも》うと、いきなりまぶしくなった。
いちど目《め》を閉《と》じてから、もういちど目《め》を開《あ》けて見《み》た。
青《あお》い、というか少《すこ》しくすんだ青《あお》い空《そら》が見《み》えた。
次《つぎ》に、日本人《にほんじん》じゃない男《おとこ》の人《ひと》の顔《かお》が見《み》えた。
葬儀屋《そうぎや》さんで働《はたら》いている外国人《がいこくじん》？

わたしは上体《じょうたい》を起《お》こして、あたりを見《み》まわした。

えっ！　なに、これ！　どこ！

あたりは、どう見《み》ても、日本《にっぽん》じゃなかった。

朝《あさ》かな。太陽《たいよう》の光《ひかり》が降《ふ》り注《そそ》いでいる。

くすんだ青空《あおぞら》の下《した》には、白《しろ》い石造《いしづく》りの低《ひく》い建物《たてもの》が立《た》ち並《なら》んでいる。

いつかヨーグルトかなにかのコマーシャルの映像《えいぞう》で観《み》た、地中海《ちちゅうかい》っぽいところなんだけど、ちょっとちがう。なんていうのかな。すこーんって澄《す》みきってないっていうか、どこか砂《すな》っぽいかんじがする。

わたしの顔《かお》をのぞきこんでいた人《ひと》は、たくましくて、褐色《かっしょく》の肌《はだ》をしている。ガテン系《けい》ってかんじ。

着《き》ているものは、生地《きじ》のままで染《そ》めていない麻《あさ》の腰布《こしぬの》だけ。バスローブより裸《はだか》に近《ちか》いかんじ。

——「あっ！　香里《かおり》ちゃん！」

——「香里《かおり》ちゃんだ！」

声《こえ》のしたほうを見《み》ると、足下《あしもと》がすぼまった棺桶《かんおけ》のなかから上体《じょうたい》を起《お》こしている拓《た》っくんと亮平《りょうへい》くんが見《み》えた。

わたしは自分《じぶん》のすぐ周囲《しゅうい》を見《み》た。

わたしも、同《おな》じ棺桶《かんおけ》に入《はい》ってる。

しかも！　しかも！

わたしが入《はい》っている棺桶《かんおけ》のすぐ右脇《みぎわき》の地面《じめん》の上《うえ》には、白《しろ》い包帯《ほうたい》でぐるぐる巻《ま》きにされた人型《ひとがた》のものが置《お》かれている。

ガテン系《けい》の男《おとこ》の人《ひと》たちを仕切《しき》っているらしいおじさんがいった。

「いまの地震《じしん》で、なかのものが転《ころ》がり出《で》たんだ！　は、早《はや》く、その子《こ》らを出《だ》して、入《い》れかえろ！」

「へい！」

そばに立《た》っているガテン系《けい》の男《おとこ》の人《ひと》に腕《うで》をつかまれた。

「出《で》ろ！」

「は、はい。」

タイムを抱《だ》いたわたしは、腕《うで》をつかまれながら外《そと》に出《で》た。

拓《た》っくんと亮平《りょうへい》くんも、ほぼ時《とき》を同《おな》じくして棺桶《かんおけ》から外《そと》に出《で》た。

この騒動《そうどう》を見物《けんぶつ》していたらしき、老若男女《ろうにゃくなんにょ》がいっせいに退《しりぞ》いた。

市場《いちば》の外《そと》ってかんじのところだ。多《おお》くの人々《ひとびと》が、棺桶《かんおけ》、ガテン系《けい》の男《おとこ》の人《ひと》たち、わたしたちを取《と》り巻《ま》くように見《み》ている。

男《おとこ》の人《ひと》たちはみんな腰布《こしぬの》だけ。

女《おんな》の人《ひと》たちは生地《きじ》はわからないけど、ほとんどが白《しろ》を基調《きちょう》としたワンピース姿《すがた》。首飾《くびかざ》りをつけている人《ひと》が多《おお》い。

その老若男女《ろうにゃくなんにょ》の野次馬《やじうま》たちのあいだから、いろんな声《こえ》が聞《き》こえてくる。

——「子《こ》どもだな。」

——「ヘンな服《ふく》を着《き》てるぞ。」

——「暑苦《あつくる》しい格好《かっこう》だな。」

——「いったい、どこの国《くに》の子《こ》だ。ローマか。」

——「いや、いくらローマでも、こんな服《ふく》はあるまい。」

——「なら、どこだ。」

——「さて。」

わたしは思《おも》い出《だ》した。

外国人《がいこくじん》の人《ひと》たちのいってることが、ちゃんと聞《き》こえてる！

わたしは、左手首《ひだりてくび》にはめた腕時計型同時通訳装置《うでどけいがたどうじつうやくそうち》を見《み》た。

このおかげだ。

「香里《かおり》ちゃん！」

「香里《かおり》ちゃーん！」

拓《た》っくんと亮平《りょうへい》くんが、わたしのほうに走《はし》ってきた。

「またまた、おれたちタイムスリップしちゃったみたいだね。」

拓《た》っくんにつづいて、亮平《りょうへい》くんがいう。

「暑《あつ》いよ！　すごい暑《あつ》い！」

「亮平《りょうへい》はジャンパーじゃん。おれはダウンジャケットだぜ。」

「わたしは、ダッフルコート。」

亮平《りょうへい》くんが付《つ》け加《くわ》える。

「おれ、脂肪《しぼう》、すごいもん。」

「そんなことどうでもいいよ。亮平《りょうへい》、ここ、どこだ。」

「わからないよ。」

「ここ、いつだ。」

「わからないよ。——あれ、痛《いた》い。」

亮平《りょうへい》くんがあごをさする。

「そういえば、おれも。」

拓《た》っくんもあごをさする。

そうだ。タイムスリップする寸前《すんぜん》、わたしが蹴《け》った積《つ》み木《き》「C《シー》」が、ふたりのあごに命《めい》中《ちゅう》したんだった。

「ごめん、わたしのせいだね。」

そのとき——。

「ウウウ。」

わたしの腕《うで》のなかから飛《と》び出《だ》したタイムが、砂《すな》っぽい白《しろ》い地面《じめん》の上《うえ》で、四本《ほん》の足《あし》を踏《ふ》みしめて、うなりはじめた。

次《つぎ》の瞬間《しゅんかん》、あたりが薄暗《うすぐら》くなった。

なに？

頭上《ずじょう》で、ヘンな声《こえ》がした。

「ウウウ。」でも「グウウウ。」でもない。

わたしは、ヘンな鳴《な》き声《ごえ》がした頭上《ずじょう》を見上《みあ》げた。

一瞬《いっしゅん》、なにかわからなかった。

また、ヘンな声《こえ》をあげているのを見《み》て、わたしは声《こえ》をあげた。

「ラクダ！」

③ エジプトにタイムスリップ！

ラクダの背中《せなか》には、たくさんの荷物《にもつ》が積《つ》まれていて、すぐ脇《わき》に、ひとりのおじいさんが立《た》っている。

「ウウウ。」

またタイムがうなりはじめた。

こんどは、薄茶色《うすちゃいろ》の毛《け》の短《みじか》い猫《ねこ》が、つんとすました顔《かお》つきで、わたしたちの前《まえ》を通過《つうか》していった。

アビシニアンだ。

香里《かおり》の豆知識《まめちしき》

アビシニアン

古代《こだい》エジプトの壁画《へきが》に描《か》かれた猫《ねこ》とされているの。エチオピア原産《げんさん》。エチオピアの旧称《きゅうしょう》「アビシニア」から命名《めいめい》されたの。二十一世紀《せいき》のアビシニアンは、筋肉質《きんにくしつ》で、尾《お》が長《なが》い。毛《け》は短《みじか》くて尾《お》や足《あし》の先《さき》っぽほど色《いろ》が濃《こ》い横縞《よこじま》になってる。わたしたちが見《み》た猫《ねこ》は、アビシニアンの原種《げんしゅ》？　っていうのかな。


ラクダの飼《か》い主《ぬし》（っていうのかな）のおじいさんに、わたしはきいた。

「ここ、どこですか？」

「はあ？　そんなこともわからんのか。ここはエジプトじゃ。」

「いま、西暦何年《せいれきなんねん》ですか？」

「はあ？」

亮平《りょうへい》くんが小声《こごえ》でいった。

「香里《かおり》ちゃん、『西暦《せいれき》』っていってもわからないよ。『西暦《せいれき》』って『西洋《せいよう》の暦《こよみ》』って意味《いみ》だから。」

「あ、そうか。でも、なんていえばいい？」

「『暦《こよみ》』だけでいいんじゃない？」

「おじいさん、暦《こよみ》でいうと、いま何年《なんねん》ですか？」

「知《し》らん。いまは『暑《あつ》い季節《きせつ》』じゃ。それくらいでじゅうぶんじゃ。」

亮平《りょうへい》の豆知識《まめちしき》

暦《こよみ》

ぼくたちの知《し》ってる西暦《せいれき》ができたのは、紀元《きげん》五三〇年《ねん》ごろ。シリアのディオニュシウス・エクシグウスって人《ひと》が、イエス・キリストの生年《せいねん》を推定《すいてい》して西暦《せいれき》一年《ねん》を設定《せってい》したんだ。その計算《けいさん》も誤《あやま》りらしいけど。で、イエス・キリストが生《う》まれた年《とし》より後《あと》が紀元後《きげんご》、それ以前《いぜん》が紀元前《きげんぜん》。古代《こだい》エジプトには古代《こだい》エジプトの暦《こよみ》があったらしいけど、庶民《しょみん》が年月日《ねんがっぴ》をはっきり知《し》っていたかどうかは怪《あや》しいね。

おじいさんは、わたしの顔《かお》に、自分《じぶん》の顔《かお》を近《ちか》づけてきた。

「妙《みょう》なことを聞《き》いてくる子《こ》じゃ。」

わたしは、負《ま》けじと質問《しつもん》をつづけた。

「ここ、エジプトだそうですけど、いまの王《おう》さまはだれですか?」

香里《かおり》クイズ

Q《キュー》. 古代《こだい》エジプト最後《さいご》の王朝《おうちょう》の名《な》は？

A《エー》 セレウコス朝《ちょう》

B《ビー》 アンティゴノス朝《ちょう》

C《シー》 プトレマイオス朝《ちょう》

おじいさんが根負《こんま》けしたようにいった。

「いまは、プトレマイオスさまじゃ。」

「ぷとれまいおす、さま？」

わたしが首《くび》をかしげていると、亮平《りょうへい》くんが教《おし》えてくれた。

「このあいだ、たまたま観《み》た『古代文明《こだいぶんめい》の不思議《ふしぎ》』っていうテレビ番組《ばんぐみ》で知《し》ったんだけどさ、プトレマイオス朝《ちょう》って、古代《こだい》エジプト最後《さいご》の王朝《おうちょう》だよ。」

「いつごろのこと？」

「たしか……。」

亮平《りょうへい》くんが一生懸命《いっしょうけんめい》に思《おも》い出《だ》す。

「……プトレマイオス朝《ちょう》が滅《ほろ》んで、ローマに支配《しはい》されるようになるのが紀元前《きげんぜん》三〇年《ねん》だったと思《おも》うから、それより昔《むかし》ってことになるね。」

亮平《りょうへい》の豆知識《まめちしき》

プトレマイオス朝《ちょう》

古代《こだい》エジプト最後《さいご》の王朝《おうちょう》プトレマイオス朝《ちょう》の期間《きかん》は、紀元前《きげんぜん》三〇四～紀元前《きげんぜん》三〇年《ねん》。タイムスリップしたのは紀元前《きげんぜん》四八年《ねん》十月《がつ》。あとで調《しら》べてわかったことだけどね。

わたしは思《おも》わず声《こえ》をあげた。

「紀元前《きげんぜん》三〇年《ねん》！」

「しっ。」

拓《た》っくんと亮平《りょうへい》くんが、口《くち》の前《まえ》に指《ゆび》を立《た》てた。

わたしは、声《こえ》を低《ひく》くして、つづけた。

「ってことは日本《にっぽん》だと弥生時代《やよいじだい》！　わたしたち、めちゃくちゃ古《ふる》い時代《じだい》にタイムスリップしたってことじゃない？　ヒミコさんに会《あ》ったのは三世紀《せいき》だから、それより古《ふる》いってことよね。しかも、エジプト！」

拓《た》っくんが、亮平《りょうへい》くんを見《み》る。

「プトレマイオス朝《ちょう》ってだけで、いまが紀元前《きげんぜん》ってわかるってさ、さすが亮平《りょうへい》、歴史《れきし》オタク！」

「だから……。」

「さすが、歴史《れきし》マニア！」

「だからぁ、おれは歴史《れきし》ファン！」

「あっ！」

わたしは、あることを思《おも》い出《だ》した。

ここが古代《こだい》エジプトってことは……。

わたしは、入《い》れられていた棺桶《かんおけ》のほうを振《ふ》り返《かえ》った。

ガテン系《けい》の男《おとこ》の人《ひと》たちが、地面《じめん》に置《お》かれた白《しろ》い包帯《ほうたい》でぐるぐる巻《ま》きにされた人型《ひとがた》のものを、棺桶《かんおけ》に入《い》れているところだった。

「あれ、ミイラ！」

わたしがさけぶと、拓《た》っくんが吐《は》きそうな顔《かお》になる。

「げっ、おれたち、ミイラのかわりに入《はい》ってたわけか……。」

亮平《りょうへい》くんは満足《まんぞく》そうだ。

「拓哉《たくや》、こんな経験《けいけん》、めったにできないよ。」

亮平《りょうへい》の豆知識《まめちしき》

ミイラ

腐《くさ》らずに乾燥《かんそう》し、原形《げんけい》を残《のこ》したままの死体《したい》のこと。古代《こだい》エジプトの人《ひと》たちは、人《ひと》は死《し》んだあと来世《らいせ》で復活《ふっかつ》して永遠《えいえん》の命《いのち》を得《え》ると信《しん》じられていたんだ。ミイラになったのは、王《おう》や貴族《きぞく》だけではなかったんだよ。

つまり、古代《こだい》エジプトでも地震《じしん》が起《お》きてて、棺桶《かんおけ》からミイラが飛《と》び出《だ》したかわりに、わたしたちがそこにタイムスリップしてきちゃったのだ。

わたしは、おじいさんにきいた。

「どっちが北《きた》の方角《ほうがく》ですか？」

「あっちじゃ。」

おじいさんが海《うみ》のほうを指《ゆび》さす。

ってことは、あの海《うみ》は、地中海《ちちゅうかい》ってことになる。

わたしが海《うみ》のほうを見《み》ていると、拓《た》っくんが元気《げんき》な声《こえ》をあげた。

「ってことはさ！」

拓《た》っくんが南《みなみ》の遠《とお》くを見《み》ながら、いった。

「古代《こだい》エジプトってことはさ、クフ王《おう》のピラミッドとか、スフィンクスとかあるんじゃないの？　おかしいな、ないな。ここ、ほんとうにエジプト？」

拓《た》っくんが首《くび》をかしげていると、おじいさんに説教《せっきょう》された。

「まちがいなく、ここはエジプトじゃ！　じゃが、ピラミッドは、ここにはない。もっと西《にし》！　ナイル川《がわ》のそばのギザじゃ！」

「ピザ？」

すぐに亮平《りょうへい》くんが反応《はんのう》する。んもう、食《た》べものに目《め》がないんだから。

拓《た》っくんが訂正《ていせい》する。

「亮平《りょうへい》、ピザじゃなくて、ギザっていったんだよ。」

拓哉《たくや》の豆知識《まめちしき》

ギザ

ナイル川《がわ》の下流《かりゅう》の西岸《せいがん》、首都《しゅと》カイロの南西郊外《なんせいこうがい》に位置《いち》する観光都市《かんこうとし》。ピラミッド、スフィンクスなどの遺跡《いせき》で知《し》られているよ。

ナイル川《がわ》

アフリカ北東部《ほくとうぶ》を北上《ほくじょう》して地中海《ちちゅうかい》に注《そそ》ぐ世界最長《せかいさいちょう》の川《かわ》だよ。下流域《かりゅういき》は肥沃《ひよく》な農業地帯《のうぎょうちたい》で古代《こだい》エジプト文明《ぶんめい》が発祥《はっしょう》したんだ。洪水被害《こうずいひがい》も多《おお》かったから苦労《くろう》も多《おお》かったらしいけど、洪水《こうずい》が肥《こ》えた土《つち》を運《はこ》んでくれて豊作《ほうさく》になることが、来世《らいせ》での復活《ふっかつ》につながると信《しん》じられていたらしいよ。

おじいさんがうなずく。

「そうじゃ。ここは、ギザではないから、ピラミッドはない。」

「ええーっ！」

拓《た》っくんだけじゃなく、亮平《りょうへい》くんもわたしも声《こえ》をあげた。

おじいさんがいう。

「だいいちじゃ、さっきからクフ王《おう》のピラミッドしか口《くち》から出《で》ておらんが、ギザにあるのは、クフ王《おう》のピラミッド、その息子《むすこ》カフラー王《おう》のピラミッド、さらにその息子《むすこ》メンカウラー王《おう》のピラミッドじゃ。もちろん、ピラミッドと名《な》のつくものは、ギザ以外《いがい》の場所《ばしょ》にもあるがな。」

「詳《くわ》しいんですね。」

わたしがきくと、おじいさんが胸《むね》を張《は》った。

カフラー王《おう》
クフ王《おう》
メンカウラー王《おう》
三大《さんだい》ピラミッドや～

「えっへん、わしの先祖《せんぞ》も作業員《さぎょういん》のひとりだったからな。代々《だいだい》、先祖《せんぞ》の自慢話《じまんばなし》になっておる。ちなみに、ギザのスフィンクスは、クフ王《おう》のピラミッドの前《まえ》ではない。」

拓哉《たくや》の豆知識《まめちしき》

スフィンクス

カフラー王《おう》のピラミッドの近《ちか》くにあるんだ。その顔《かお》はカフラー王《おう》に似《に》せて作《つく》られたともいわれてる。でも鼻《はな》の部分《ぶぶん》が削《けず》れてる。ナポレオンさん率《ひき》いるフランス軍《ぐん》が大砲《たいほう》を撃《う》ったからって噂《うわさ》がある。でもそれはまちがい。ナポレオン軍《ぐん》がエジプトに到着《とうちゃく》した時点《じてん》ですでに鼻《はな》が削《けず》れていたんだ。風化《ふうか》や水《みず》の浸食《しんしょく》が原因《げんいん》らしいよ。

わたしは、おじいさんにきいた。

「ここは、どこなんですか？」

「ペルシウムじゃ。」

「ペルシャ？」

「ちがう。ペルシウムじゃ。エジプトの東端《ひがしはし》じゃ。」

拓《た》っくんが納得《なっとく》する。

「だからピラミッドが見《み》えないんだ。」

「そういうことじゃ。」

アビシニアンが、わたしたちのほうへ近《ちか》づいてきた。

「ウウウ。」

タイムがうなる。

いまにも飛《と》びかかりそうなくらい、体勢《たいせい》を低《ひく》く構《かま》えている。

おじいさんがいう。

「猫《ねこ》を大事《だいじ》にしろ。猫《ねこ》は神《かみ》だぞ。」

香里《かおり》の豆《まめ》知識《ちしき》

猫《ねこ》

古代《こだい》エジプトでは、はじめはネズミやヘビなどを駆除《くじょ》するために飼《か》われはじめたけど、しだいに神《かみ》として崇《あが》め、大事《だいじ》にするようになったの。家猫《いえねこ》の発祥《はっしょう》はエジプトともいわれているわ。

「わ、わかりました！」

拓《た》っくんがアビシニアンをすっと抱《だ》き上《あ》げた。

女《おんな》の人《ひと》たちの声《こえ》が聞《き》こえてきた。ふたり、らしい。

——「ちゃんとルナを見張《みは》ってないから出《で》ていっちゃったのよ！」

——「申《もう》し訳《わけ》ありません。」

その声《こえ》を聞《き》いて、周囲《しゅうい》にいる人《ひと》たちがいっせいにあとずさり、土下座《どげざ》した。

わたしは、ふたりの女《おんな》の人《ひと》のほうへ顔《かお》を向《む》けた。

なに？　このふたり、そんなにえらいの？

でも、ふたりとも、とても若《わか》い。二十歳《はたち》くらい？

ひとりは前《まえ》、ひとりは左斜《ひだりなな》めうしろを遠慮《えんりょ》がちに歩《ある》いてくる。

ってことは、えらいのは前《まえ》を歩《ある》いてる人《ひと》ってことよね。

ふたりとも、白《しろ》いワンピース姿《すがた》で、よく日《ひ》に焼《や》けた肌《はだ》。茶褐色《ちゃかっしょく》っていうの？

髪《かみ》の毛《け》はどちらも真《ま》っ黒《くろ》のおかっぱ。でも、よく見《み》ると、ちがう。顔《かお》の両側《りょうがわ》にたれた髪《かみ》の毛《け》はドレッドヘアっぽい。

斜《なな》めうしろの女《おんな》の人《ひと》は首飾《くびかざ》りくらいしかつけていないけど、前《まえ》を歩《ある》く人《ひと》は、その首飾《くびかざ》りも大《おお》きな金色《きんいろ》だし、頭飾《あたまかざ》りも金色《きんいろ》。

しかも、ふたりとも化粧《けしょう》がすごい。とくにブルーブラックのアイシャドウが目立《めだ》っている。

首飾《くびかざ》りや頭飾《あたまかざ》りをはずしたら、双子《ふたご》といわれても不思議《ふしぎ》じゃない。

でもよく見《み》ると——。

前《まえ》を歩《ある》いてくる女《おんな》の人《ひと》のほうが顔立《かおだ》ちが派手《はで》で、鼻《はな》が高《たか》い。「派手美人《はでびじん》」！

斜《なな》めうしろの女《おんな》の人《ひと》は、顔立《かおだ》ちが地味《じみ》で、もうひとりほど鼻《はな》が高《たか》くない。高《たか》いというより、長《なが》いってかんじ？　もうひとりにくらべると、存在感《そんざいかん》を消《け》してる。はっきりいって
「清楚美人《せいそびじん》」！

土下座《どげざ》していないわたしたち三人《にん》の前《まえ》に、ふたりがやってきた。

「うわっ。」

「すげえ。」

拓《たく》っくんと亮平《りょうへい》くんの横顔《よこがお》を見《み》て、わたしは脱力《だつりょく》した。ふたりとも美少女橋本《びしょうじょはしもと》さんを見《み》たとき以上《いじょう》に、鼻《はな》の下《した》を伸《の》ばしちゃってる。

前《まえ》を歩《ある》いてきた派手美人《はでびじん》が近《ちか》づいてくる。

拓《たく》っくんが抱《だ》っこしている猫《ねこ》を見《み》ながら、いう。

「ルナを返《かえ》してちょうだい。」

「は、はい。」

拓《た》っくんが、まるで催眠術《さいみんじゅつ》にでもかかったように、素直《すなお》に猫《ねこ》を渡《わた》そうとする。

派手美人《はでびじん》の言《い》い方《かた》に、かちんときたわたしは、拓《た》っくんの前《まえ》に立《た》ちふさがった。

「その猫《ねこ》がお家《うち》から逃《に》げ出《だ》したんですよね？　だから捜《さが》しに来《き》たんですよね？　その猫《ねこ》を、彼《かれ》が捕《つか》まえたんです！　『捕《つか》まえてくれて、ありがとう。』くらいいったらどうなんですか？」

周囲《しゅうい》から声《こえ》が聞《き》こえてくる。

――「な、なっ、なんてことを！」

――「早《はや》くあやまれ！」

――「どうなっても知《し》らないぞ！」

わたしのすぐ前《まえ》に立《た》った派手美人《はでびじん》が、わたしの頭《あたま》の先《さき》から爪先《つまさき》まで、じーっと見《み》てきた。

「その服《ふく》、いいわね。欲《ほ》しいわ。どこで買《か》ったの？」

「…………」

二十一世紀《せいき》の東京《とうきょう》の洋服屋《ようふくや》さんで買《か》ったなんていえない。

「どこで買《か》ったの！」

「えっと……。」

「ああん！　イライラするわね！　いいなさい！」

「いったら、どうするんですか？」

「この人《ひと》に……。」

半歩《はんぽ》うしろにひかえる清楚美人《せいそびじん》のほうを見《み》る。

「……買《か》いにいかせる。」

清楚美人《せいそびじん》が小《ちい》さくうなずく。

「おおせのままに。」

わたしは派手美人《はでびじん》にいった。

「たぶん、買《か》いに行《い》けません。」

「どうしてよ！」

「このコートはユーラシア大陸《たいりく》の西《にし》のはずれの『イギリス』って島国《しまぐに》で、あとのものは、わたしたちが生《う》まれ育《そだ》った、ユーラシア大陸《たいりく》の東《ひがし》のはずれの『日本《にっぽん》』って島国《しまぐに》で買《か》ったからです。」

「はあ？　なにいってるか、わからないわ。」

亮平《りょうへい》くんがいう。

「香里《かおり》ちゃん、二十一世紀《せいき》のおれたちが思《おも》っている世界地図《せかいちず》ができたのは、もっとずっとあとだよ。」

亮平《りょうへい》の豆知識《まめちしき》

世界地図《せかいちず》

世界最古《せかいさいこ》の地図《ちず》は紀元前《きげんぜん》七〇〇年《ねん》ごろの「バビロニアの地図《ちず》」。自分《じぶん》たちが住《す》んでいるところが世界《せかい》の中心《ちゅうしん》で見《み》える範囲《はんい》だけが描《えが》かれていたんだ。いまのような世界地図《せかいちず》が描《えが》かれるようになったのは、大《おお》きな船《ふね》が作《つく》られた大航海時代以降《だいこうかいじだいいこう》だよ。

「あ、そうか。」

「たぶん地中海《ちちゅうかい》の周辺《しゅうへん》くらいじゃない？」

亮平《りょうへい》くんのいうとおり、古代《こだい》エジプトの人《ひと》たちにとっての世界《せかい》は地中海《ちちゅうかい》を囲《かこ》む沿岸一帯《えんがんいったい》なのだろう。広《ひろ》く見積《みつ》もっても、ヨーロッパ南部《なんぶ》、中近東《ちゅうきんとう》、アフリカ北部《ほくぶ》くらいなのかな。

まして「ヨーロッパ」と「アジア」をくっつけた造語《ぞうご》「ユーラシア」の広《ひろ》さなんて、いくら陸《りく》つづきでも、想像《そうぞう》もできないにちがいない。

派手美人《はでびじん》がため息《いき》をつく。

「あ、そう。――で、名前《なまえ》は？」

「遠山香里《とおやまかおり》です。『香里《かおり》』って呼《よ》んでください。」

「ぼくは、氷室拓哉《ひむろたくや》。『拓哉《たくや》』って呼《よ》んでください。」

「ぼくは、堀田亮平《ほったりょうへい》。『亮平《りょうへい》』って。」

「三人《にん》とも、ヘンな名前《なまえ》ね。」

古代《こだい》エジプトの人《ひと》からすれば、というか、外国《がいこく》の人《ひと》からすればヘンな名前《なまえ》だろう。

派手美人《はでびじん》が、わたしたちの前《まえ》に手《て》を出《だ》してくる。

「ルナを返《かえ》してちょうだい。」

「まだ『ありがとう。』っていってもらってません。」

「うるさいわね！　みんな！　三人《にん》を捕《つか》まえて、宮殿《きゅうでん》に運《はこ》んでおしまい！」

周囲《しゅうい》で土下座《どげざ》していた人《ひと》たちが、いっせいに立《た》ち上《あ》がると、まるでゾンビのように両手《りょうて》を前《まえ》に出《だ》して、わたしたち三人《にん》のほうに近《ちか》づいてきた。

「クゥ～ン！」

タイムがわたしの足先《あしさき》から這《は》い上《あ》がってきた。

わたしは、タイムを抱《だ》き上《あ》げた。

「だいじょうぶよ、だいじょうぶ。だいじょ……だいじょばない！」

タイムを抱《だ》いたわたしも、拓《た》っくんも、亮平《りょうへい》くんも、気《き》がついたら、御神輿《おみこし》のようにかつぎ上《あ》げられていた。

④「クレオパトラさんは鼻《はな》が高《たか》い」？

「いったーい！」

ほんとうは、たいして痛《いた》くなかったけど、わたしは声《こえ》をあげた。

わたしたち三人《にん》を無理《むり》やり運《はこ》ばせた派手美人《はでびじん》に抗議《こうぎ》するためだ。

派手美人《はでびじん》が「宮殿《きゅうでん》」といっていた石造《いしづく》りの建物《たてもの》のなかだ。宮殿《きゅうでん》といっても、ちょっと豪《ごう》華《か》なお屋敷《やしき》ってかんじ。

でも壁《かべ》や柱《はしら》のあちこちに象形文字《しょうけいもじ》みたいなものが彫《ほ》られてる。

亮平《りょうへい》くんがつぶやく。

「ヒエログリフだ。」

亮平《りょうへい》の豆知識《まめちしき》

ヒエログリフ

古代《こだい》エジプトで使《つか》われていた、人《ひと》や鳥《とり》や獣《けもの》などの絵《え》を使《つか》った象形文字《しょうけいもじ》のことだよ。ピラミッド、墓《はか》、神殿《しんでん》などでよく見《み》られるよ。一八二二年《ねん》にフランスのシャンポリオンという言語学者《げんごがくしゃ》が「ロゼッタ・ストーン」に彫《ほ》られたヒエログリフを読《よ》んだのが解読《かいどく》のはじまりだよ。

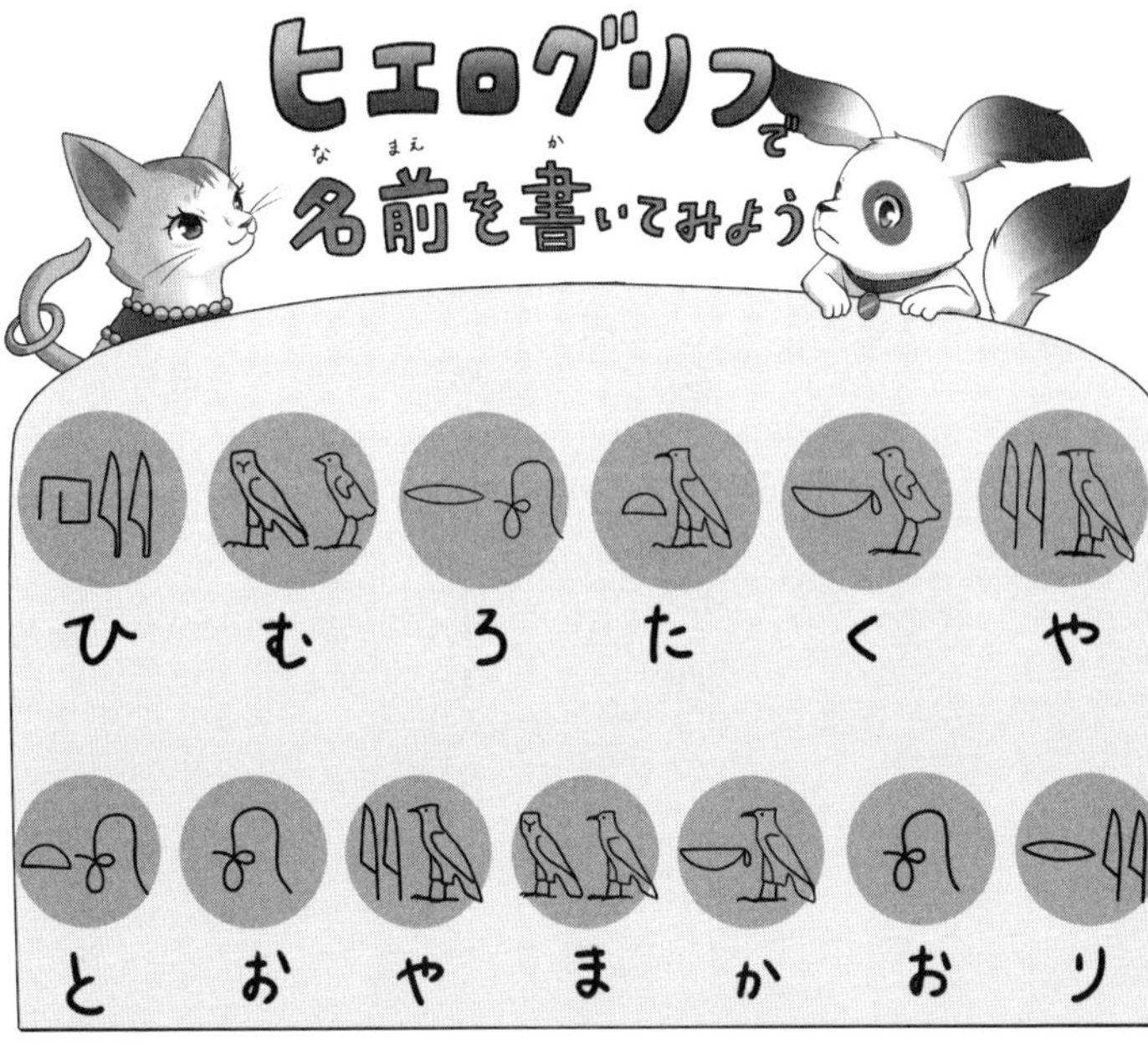

自分《じぶん》で「宮殿《きゅうでん》」っていっていたけど、この派手美人《はでびじん》は、だれなんだろう。

「クゥ〜ン。」

わたしの腕《うで》のなかのタイムが悲《かな》しそうな鳴《な》き声《ごえ》をあげる。

「痛《いた》いかな。そんなに痛《いた》くないよ。なあ、亮平《りょうへい》。」

「んだ、んだ。」

拓《た》っくんが抱《だ》いていたアビシニアンのルナは、とっくに奪《うば》い返《かえ》されて、派手美人《はでびじん》に抱《だ》かれている。

顔《かお》をあげると、わたしたちを無理《むり》やり運《はこ》んできた人《ひと》たちが帰《かえ》っていくのが見《み》えた。

ルナを抱《だ》いた派手美人《はでびじん》が近《ちか》づいてくると、わたしを見下《みお》ろしながら、気持《きも》ち悪《わる》いくらいやさしい猫撫《ねこな》で声《ごえ》でいう。

「さっきは元気《げんき》よかったのに、どうしたのかしら?」

腕《うで》のなかからタイムが飛《と》び出《だ》し、わたしをかばうように立《た》つ。

「ウウウ……ワン!」

「タイム!」

拓《た》っくんだ。

「きれいな人《ひと》に、なんで吠《ほ》えるんだよ。」

「そうだ、そうだ。」

亮平《りょうへい》くんもうなずく。

「クゥ～ン。」

「タイム、しょげることないよ！」

わたしはタイムをはげました。

「ウウウ……ワン！」

派手美人《はでびじん》が、抱《だ》いているルナを両手《りょうて》でつかんだまま、タイムのほうに差《さ》し出《だ》す。

「ニャア！」

ルナの迫力《はくりょく》ある鳴《な》き声《ごえ》に、尻尾《しっぽ》をたらしたタイムが尻込《しりご》みする。

ふだんから、犬《いぬ》より猫《ねこ》のほうが強《つよ》いんじゃないかって思《おも》っていたけど、やっぱり、ほんとうみたい。

派手美人《はでびじん》が鼻《はな》で笑《わら》う。

「ふんっ、情《なさ》けない犬《いぬ》ね。猫《ねこ》のルナのほうが強《つよ》いのよ。」

わたしは、派手美人《はでびじん》にきいた。

「なんで、その猫《ねこ》ちゃん、『ルナ』って名前《なまえ》なんですか？」

「暗《くら》いところでは目《め》が満月《まんげつ》っぽくなったり、明《あか》るいところでは目《め》が三日月《みかづき》っぽくなるでしょ。だから『月《つき》』の意味《いみ》の『ルナ』。」

「エジプト語《ご》で、『月《つき》』は『ルナ』なんですか？」

「ちがうわよ。ローマで使《つか》われているラテン語《ご》よ。『月《つき》』のことは『ルナ』っていうの。」

「ローマ？」

「地中海沿岸《ちちゅうかいえんがん》に勢力《せいりょく》を伸《の》ばしているのがローマだから、ラテン語《ご》もギリシャ語《ご》も入《はい》ってきてるってわけよ。エジプト語《ご》で『月《つき》』は『アマル』だけど、『ルナ』のほうが格好《かっこう》いいから。」

「エジプトはローマに支配《しはい》されているのですか？」

「まだよ。でも、じきに、そうなるかもしれないわね。でも、あたしは、せめて同盟《どうめい》が結《むす》べればいいと思《おも》っている。むやみに抵抗《ていこう》していると、攻《せ》め滅《ほろ》ぼされてしまいかねない。ちがう？」

ここは「宮殿《きゅうでん》」っていってたし、政治《せいじ》の話《はなし》をしてるし、この人《ひと》は、いったい、だれなのだろう。

わたしは、女《おんな》の人《ひと》にきいた。

「あのっ、あなたのお名前《なまえ》を教《おし》えていただけませんか？」

「どうして？」

「だって、わたしたちは、さっき名乗《なの》りましたから。こんどは、あなたが教《おし》えてくださる番《ばん》です。」

「しょうがないわね。教《おし》えてあげる。あたしの名前《なまえ》は、クレオパトラよ。」

「クレオパトラ！」

わたし、拓《た》っくん、亮平《りょうへい》くんは、おたがいに顔《かお》を見合《みあ》わせてから、思《おも》いっきりハモった。

クレオパトラは古代《こだい》エジプトの女王《じょおう》！

そして、亮平《りょうへい》くんが小声《こごえ》でいった。

「世界三大美女《せかいさんだいびじょ》のひとりだ！」

「だな、だな。」

亮平《りょうへい》くんと拓《た》っくんの鼻《はな》の下《した》は、これでもかっていわんばかりに伸《の》びている。

そしてふたり同時《どうじ》にいった。

「ほんと、美人《びじん》だぁ〜。」

亮平《りょうへい》の豆知識《まめちしき》

世界三大美女《せかいさんだいびじょ》

クレオパトラ、楊貴妃《ようきひ》、小野小町《おののこまち》の三人《にん》を指《さ》すんだ。でも「世界三大美女《せかいさんだいびじょ》」に小野小町《おののこまち》が入《はい》っているのは日本《にっぽん》だけだろう。

クレオパトラさんが目《め》をむきながら、数歩《すうほ》うしろにさがる。

「な、なによ、この子《こ》たち。気持《きも》ち悪《わる》い。ねえ、セレーネ。」

うしろのほうで、「セレーネ」と呼《よ》ばれた清楚美人《せいそびじん》が小《ちい》さくうなずく。

「さようでございますわね。」

「あのっ、あちらの方《かた》は？」

わたしがきくと、クレオパトラさんがめんどうくさそうに教《おし》えてくれた。

「彼女《かのじょ》は、あたしの身《み》のまわりの世話《せわ》をしてくれている子《こ》よ。」

ああ、お手伝《てつだ》いさんなのね。

クレオパトラさんがつづける。

「あたしの名《な》は、正《ただ》しくはクレオパトラ七世《せい》。よく覚《おぼ》えておきなさい。」

「な、七世《せい》ってことは……クレオパトラは七人《にん》もいたんだ！」

拓《た》っくんが声《こえ》をあげる。

わたしも、外国《がいこく》のえらい人《ひと》に「○○何世《なんせい》」っていう人《ひと》がいることくらいは知《し》っていたけど、あのクレオパトラさんが七世《せい》だったってことまでは知《し》らなかった。

香里《かおり》の豆知識《まめちしき》

ここに登場《とうじょう》するまでのクレオパトラさんの年表《ねんぴょう》を書《か》いておくね。

クレオパトラ年表《ねんぴょう》　①

前《ぜん》六九年《ねん》　プトレマイオス十二世《せい》とクレオパトラ五世《せい》の子《こ》として生《う》まれる。

前《ぜん》五一年《ねん》　十八歳《さい》のとき父親《ちちおや》が死去《しきょ》。
きょうだいでもっとも年長《ねんちょう》のクレオパトラが、弟《おとうと》プトレマイオス十三世《せい》とともにエジプトの共同統治者《きょうどうとうちしゃ》となる。
だが、やがて、ふたりは対立《たいりつ》するようになる。

クレオパトラさんが、わたしたちにいう。

「名前《なまえ》を教《おし》えてくれ、っていうから教《おし》えてあげたわよ。ありがとう、は？」

「あ、ありがとうございます。」

わたしは、あわてて頭《あたま》を下《さ》げた。

拓《た》っくんと亮平《りょうへい》くんは、あいかわらず、鼻《はな》の下《した》を伸《の》ばしている。

タイムスリップしてくる前《まえ》に、音羽神社《おとわじんじゃ》の石段《いしだん》の下《した》で、拓《た》っくんと亮平《りょうへい》くんが美少女《びしょうじょ》の
橋本《はしもと》さんを見《み》たときにも思《おも》ったけど、ほんとうに鼻《はな》の下《した》って伸《の》びるのね。よく「鼻《はな》の下《した》を
伸《の》ばす」っていうけど、たとえじゃなくて、ほんとうに伸《の》びるんだ……。

クレオパトラさんがルナを抱《だ》きしめ、わたしを見下《みお》ろした。

わたしは、クレオパトラさんの顔《かお》を見上《みあ》げた。

あらためて見《み》ると、やっぱり派手美人《はでびじん》！

なにより鼻《はな》が高《たか》い！

クレオパトラの噂《うわさ》はホント？

「クレオパトラの鼻《はな》がもう少《すこ》し低《ひく》かったら、世界《せかい》の歴史《れきし》も変《か》わっていただろう。」ってホント？


わたしは、拓《た》っくんと亮平《りょうへい》くんに話《はな》しかけた。

「『クレオパトラの鼻《はな》がもう少《すこ》し低《ひく》かったら、世界《せかい》の歴史《れきし》も変《か》わっていただろう。』って知《し》ってる？」

「もちろんだよ！　それくらい知《し》ってる。なあ、亮平《りょうへい》。」

「このあいだテレビ番組《ばんぐみ》でいってたけど、パスカルが『パンセ』って本《ほん》のなかでいったんだって。」

亮平《りょうへい》の豆知識《まめちしき》

パスカル

一六二三〜一六六二年《ねん》。フランスの思想家《しそうか》・数学者《すうがくしゃ》・物理学者《ぶつりがくしゃ》。「パスカルの原理《げんり》」（密《みっ》閉《ぺい》した容器内《ようきない》の静止《せいし》した気体《きたい》や液体《えきたい》の圧力《あつりょく》が一定《いってい》）という言葉《ことば》で知《し》られているよ。ぼくは、よくわからないけど。「クレオパトラの鼻《はな》〜」の原文《げんぶん》を直訳《ちょくやく》すると、「クレオパトラの鼻《はな》がもっと短《みじか》かったら、地球《ちきゅう》は変《か》わっていただろう。」になるよ。

たしかに、クレオパトラさんの鼻《はな》は高《たか》いから、「クレオパトラの鼻《はな》が〜」っていうのは理解《りかい》できる。

でも、どうして『クレオパトラの鼻《はな》がもう少《すこ》し低《ひく》かったら、世界《せかい》の歴史《れきし》も変《か》わっていただろう。』なのだろう。

せっかくクレオパトラさんに会《あ》えたのだから、タイムスリップしているあいだに調《しら》べてみたい。探偵《たんてい》したい！

でも、鼻《はな》の下《した》を伸《の》ばしてデレデレしてる拓《た》っくんと亮平《りょうへい》くんは、だいじょうぶなんだろうか。

ナポレオンさんのときのように、ちゃんと探偵《たんてい》できるんだろうか。

「あのっ。」

わたしはクレオパトラさんにきいた。

「このままだと目立《めだ》ってしまうので、なにか服《ふく》を貸《か》してくださいますか？」

クレオパトラさんが、わたしの頭《あたま》の先《さき》から足《あし》の先《さき》までを、じーっと見《み》てから、セレーネさんに声《こえ》をかけた。

「しょうがないわね。——セレーネ。」

「はい。かしこまりました。」

「あの方《かた》がエジプトにお越《こ》しになるのに、こんなに目立《めだ》つヘンな子《こ》どもたちがいたのでは、格好《かっこう》がつかないわ。」

「さようでございますね。いますぐ、子《こ》ども向《む》けの服《ふく》を用意《ようい》いたします。」

あの方《かた》？

このエジプトに、クレオパトラさんよりえらい人《ひと》が来《く》るってこと？

⑤あの方《かた》がやってくる！

「これを着《き》てくださいますか。脱《ぬ》いだものは、この麻袋《あさぶくろ》に入《い》れておいてください。」

お手伝《てつだ》いのセレーネさんが、わたしたちに着替《きが》えと麻袋《あさぶくろ》を用意《ようい》してくれた。

わたし、拓《た》っくん、亮平《りょうへい》くんは、あたりを見《み》まわした。

着替《きか》えるための個室《こしつ》なんてなさそうだし。

わたしたちの気持《きも》ちを察《さっ》してくれたのか、セレーネさんが、宮殿《きゅうでん》のなかにある植物《しょくぶつ》の植《う》え込《こ》みを指《ゆび》さした。

「もし恥《は》ずかしいようでしたら、いくつかある植物《しょくぶつ》の陰《かげ》で着替《きか》えてください。」

「あのっ。」

わたしは、セレーネさんにいった。

「わたしたちに、そんなていねいな言葉《ことば》を使《つか》わなくていいです。」

「そうはまいりませんわ。クレオパトラさまがお迎《むか》えしたお客《きゃく》さまなのですから。」

「そんな、お客《きゃく》さまだなんて。」

拓《た》っくんと亮平《りょうへい》くんは自分《じぶん》の顔《かお》を指《ゆび》さしながら、いう。

「おれたち……。」

「……お客《きゃく》さま!?」

わたしは覆《おお》いかぶせるようにいった。

「調子《ちょうし》に乗《の》らないの。」

クレオパトラさんが笑《わら》いながら、いった。

「この子《こ》たちは、子《こ》どもなんだから、べつにいいじゃないの。どこで着替《きか》えても。」

わたしは、ちょっとかちんときて、いった。

「わたしたちは子《こ》どもじゃありません!」

心《こころ》のなかで「もう中学生《ちゅうがくせい》だもん。」と吐《は》き出《だ》した。

「ふんっ、こ、ど、も!」

「お言葉《ことば》ですけど、クレオパトラさんだって、まだ若《わか》いじゃないですか！」

「子《こ》どもと若《わか》いは、ちがうの！」

そこでセレーネさんが割《わ》って入《はい》る。

「まあまあ。」

わたしたちは、男子《だんし》と女子《じょし》に分《わ》かれて、植物《しょくぶつ》の植《う》え込《こ》みの陰《かげ》で着替《きか》えた。

脱《ぬ》いだものは、麻袋《あさぶくろ》に入《い》れた。

腕時計型同時通訳装置《うでどけいがたどうじつうやくそうち》だけは、そのまま左手首《ひだりてくび》にはめている。はずしてしまったら、クレオパトラさんとセレーネさんがなにをしゃべっているか、さっぱりわからなくなるからだ。

「麻袋《あさぶくろ》をあずかります。」

わたしは、三人分《にんぶん》の着替《きが》えが入《はい》った麻袋《あさぶくろ》をセレーネさんに渡《わた》した。

わたしが着《き》ているのは、生地《きじ》のままで染《そ》めていない麻《あさ》のワンピース。

二十一世紀《せいき》は真冬《まふゆ》で、いまいる古代《こだい》エジプトは暑《あつ》いから、ワンピースはとっても気持《きも》ちいい。

いっぽう拓《た》っくんと亮平《りょうへい》くんが着《き》てるのは、同《おな》じく生地《きじ》のままで染《そ》めていない麻《あさ》の腰布《こしぬの》だけ。

わたしより、拓《た》っくんと亮平《りょうへい》くんのほうが恥《は》ずかしそうにしている。

「ちょっとなあ。」と拓《た》っくん。

「T《ティー》シャツくらい着《き》たいよなあ。」と亮平《りょうへい》くん。

わたしは、自分《じぶん》のまわりを見《み》て、気《き》づいた。

「あれ、タイムは？」

植《う》え込《こ》みに入《はい》ったときは、ついてきていたのに、いつのまにか、いなくなってしまっていた。

「あ、いた。」

離《はな》れたところにクレオパトラさん、その少《すこ》しうしろにセレーネさんが立《た》っている。ふたりの前《まえ》に、まるでスフィンクスのようにアビシニアンのルナがすわっている。

タイムは、そのルナと向《む》き合《あ》っている。

「タイム、なにやってるの？」

うしろから近《ちか》づいていくと、タイムがわたしのほうを振《ふ》り向《む》き、尻尾《しっぽ》をぶんっぶんっと振《ふ》ってから、またルナのほうを向《む》いて、うなる。

「ウウウ。」

いまから決闘《けっとう》するんだからじゃましないで見《み》てて、ってかんじ。

〈だってさあ、こいつ、おいらのことを『よそもん』！　とか、『田舎《いなか》もん』！　っていうんだ。『よそもん』は、たしかかもしれないけど、『田舎《いなか》もん』じゃない。二十一世紀《せいき》の東京《とうきょう》から来《き》たんだから。その前《まえ》は平安時代《へいあんじだい》の京都《きょうと》だけど、当時《とうじ》、京都《きょうと》は都《みやこ》だったんだし！　だいいち二十一世紀《せいき》も、平安時代《へいあんじだい》も、古代《こだい》エジプトより新《あたら》しいんだからね！　おいらが馬《ば》鹿《か》にされると、香里《かおり》さまも馬鹿《ばか》にされたみたいで、イヤなんだよ！〉

わたしは、クレオパトラさんとセレーネさんのどちらにともなくきいた。

「わたしたちが着替《きか》えているあいだに、いったい、なにがあったんですか？」

「香里《かおり》、あなたの犬《いぬ》、あたしのルナちゃんのことが気《き》にくわないらしく、さっきから、ちょっかい出《だ》してくるのよ。いったい、どういうしつけをしているのかしらね。」

「そもそも、犬《いぬ》と猫《ねこ》って相性《あいしょう》が悪《わる》いんです。」

「なんですって！」

怒《おこ》りだすクレオパトラさんを、うしろからセレーネさんがなだめる。

「クレオパトラさま、相手《あいて》は子《こ》どもなのですから。クレオパトラさまも、そうおっしゃっていたではありませんか。」

「うるさいわね。」

「でもクレオパトラさま……。」

クレオパトラさんの怒《いか》りはおさまらない。

「うちのルナにケンカを売《う》ってくるなんて、この犬《いぬ》も、この犬《いぬ》を飼《か》ってるあなたたちも、プトレマイオスのまわし者《もの》なんじゃないでしょうね！」

「ぷとれまいおす？」

そういえば、タイムスリップしてきてすぐに、ラクダの飼《か》い主《ぬし》のおじいさんもいっていた。

クレオパトラさんが怒《おこ》っているためか、セレーネさんが、うしろから、ていねいな口調《くちょう》で説明《せつめい》してくれる。

「正《ただ》しくは、プトレマイオス十三世《せい》です。クレオパトラさまの父君《ちちぎみ》のプトレマイオス十二世《せい》が亡《な》くなられたとき、クレオパトラさまと共同統治者《きょうどうとうちしゃ》となったのが弟《おとうと》のプトレマイオス十三世《せい》なのです。」

「いま、まわし者《もの》っていってましたけど、きょうだいなんじゃないんですか？」

前《まえ》に立《た》っているクレオパトラさんがいう。

「きょうだいだから、一心同体《いっしんどうたい》ってわけじゃないの！　そうよね、セレーネ。」

「ええ、まあ。」

うしろにいるセレーネさんが困《こま》り顔《がお》でうなずく。

クレオパトラさんが怒《おこ》っているときは、下手《へた》にさからわないほうがいいのだろう。

それにしてもクレオパトラさんは、さすが女王《じょおう》というか、元気《げんき》がよくて、ちょっと怖《こわ》い。

とどめを刺《さ》すように、クレオパトラさんがいう。

「共同統治者《きょうどうとうちしゃ》っていっても、一心同体《いっしんどうたい》じゃない！　一枚岩《いちまいいわ》じゃない！　人間《にんげん》ふたりいたら、権力闘争《けんりょくとうそう》がはじまるの！　だれもが上《うえ》に立《た》とうとするのよ！」

香里《かおり》クイズ

Q《キュー》. クレオパトラの時代《じだい》のエジプトの首都《しゅと》は？

A《エー》　アレクサンドリア
B《ビー》　カイロ
C《シー》　メンフィス

クレオパトラさんがいわんとすることは、わからなくはない。
「姉《あね》と弟《おとうと》が敵同士《てきどうし》になってるってことですね？　そのプトレマイオスさんは、どこにいるのですか？」

「さんづけしないの！」

「は、はい。プトレマイオスは、どこにいるのですか？」

クレオパトラさんが押《お》しだまる。

えっ⁉　なんで、だまっちゃうの？

またセレーネさんが教《おし》えてくれる。

「プトレマイオスは首都《しゅと》アレクサンドリアにいます。」

「え？　クレオパトラさんがいる、このペルシウムが首都《しゅと》じゃないんですか？」

「プトレマイオスに追放《ついほう》されてしまっているのです。」

「えーっ！」

わたしが目《め》を向《む》けると、クレオパトラさんはぷいっと顔《かお》をそむけた。

弟《おとうと》に追放《ついほう》されたことが、恥《は》ずかしいと思《おも》っているのだ。

「なんで首都《しゅと》から追放《ついほう》されちゃったんですか？」

セレーネさんが口《くち》を開《ひら》こうとすると、クレオパトラさんが手《て》を出《だ》して制《せい》した。

「あたしの口《くち》から説明《せつめい》するわ。」

「お願《ねが》いいたします。」

「原因《げんいん》はローマなのよ。ローマのポンペイウスさまとカエサルさまが対立《たいりつ》してね。」

わたし、拓《た》っくん、亮平《りょうへい》くんは顔《かお》を見合《みあ》わせた。

カエサル、という名前《なまえ》が出《で》てきたからだ。

英語読《えいごよ》みで「シーザー」と呼《よ》ばれることも多《おお》かった古代《こだい》ローマの英雄《えいゆう》だ。

香里《かおり》の豆知識《まめちしき》

前《まえ》の年《とし》のクレオパトラさんのことを書《か》いておくね。

クレオパトラ年表《ねんぴょう》 ②

前《ぜん》四九年《ねん》　ローマ内《ない》でカエサルとポンペイウスが対立《たいりつ》。戦《たたか》いがはじまる。クレオパトラはポンペイウスを支援《しえん》した。

拓哉《たくや》の豆知識《まめちしき》

カエサル

前《ぜん》一〇〇ごろ～前《ぜん》四四年《ねん》。フルネームは「ガイウス・ユリウス・カエサル」。古代《こだい》ローマの軍人《ぐんじん》・政治家《せいじか》。自分《じぶん》の名前《なまえ》の一部《いちぶ》から命名《めいめい》した「ユリウス暦《れき》」という太陽暦《たいようれき》を採用《さいよう》したことでも知《し》られているよ。もちろん、いちばん有名《ゆうめい》なのは部下《ぶか》のブルートゥスらに殺《ころ》されたときの言葉《ことば》「ブルートゥス、おまえもか。」だよ。

クレオパトラさんがつづける。

「あたしがポンペイウスさまに味方《みかた》して、兵士《へいし》や食糧《しょくりょう》を送《おく》ったの。」

わたしはきいた。

「ってことは、弟《おとうと》のプトレマイオスは対抗《たいこう》して、カエサルさんに兵士《へいし》や食糧《しょくりょう》を送《おく》ったんですか？」

「そんな話《はなし》は聞《き》いたことないわね。いずれにせよ、あたしがポンペイウスさまに兵士《へいし》や食《しょく》糧《りょう》を送《おく》ったことを弟《おとうと》が怒《おこ》ったの。」

「それで……。」

「あたしをアレクサンドリアから追《お》い出《だ》したの。」

香里《かおり》クイズ

Q.《キュー》ポンペイウスがカエサルに敗《やぶ》れた紀元前《きげんぜん》四八年《ねん》の戦《たたか》いは？

A《エー》 ナイル川《がわ》の戦《たたか》い
B《ビー》 ファルサロスの戦《たたか》い
C《シー》 アクティウムの戦《たたか》い

わたしは身《み》を乗《の》り出《だ》した。

「追《お》い出《だ》されたままなんですか？　くやしくないんですか？」

「くやしいわよ！」

「ですよね。」

「だからアレクサンドリアに攻《せ》め入《い》ろうとしたわ。でも、これから戦《いくさ》がはじまるってときに、ファルサロスの戦《たたか》いでカエサルさまに敗《やぶ》れたポンペイウスさまがアレクサンドリアに逃《に》げてきて、あろうことか弟《おとうと》に助《たす》けを求《もと》めた。」

「どうしてですか？」

「昔《むかし》、あたしたちの父《ちち》プトレマイオス十二世《せい》が困《こま》ったときにポンペイウスさまが助《たす》けてあげたらしいの。だから、そのお返《かえ》しに、息子《むすこ》なら助《たす》けてくれると思《おも》ったらしいの。」

「弟《おとうと》さんは、どうしたんですか？」

「戦《いくさ》に負《ま》けたポンペイウスさまを助《たす》けたりしたら、あとでカエサルさまになにをされるかわからない。」

「それはそうですね。」

「弟《おとうと》が困《こま》っているのを見《み》かねた側近《そっきん》が、どうしたと思《おも》う？」

「さあ？」

わたしは首《くび》をかしげた。

「あろうことか、ポンペイウスさまを殺《ころ》しちゃったのよ！」

「ええーっ！」

わたしだけでなく、拓《たく》くんも亮平《りょうへい》くんも声《こえ》をあげた、

「弟《おとうと》は、ポンペイウスさまの首《くび》を差《さ》し出《だ》すことで、自分《じぶん》こそがエジプト王《おう》にふさわしいとアピールしようとしたのね。」

「弟《おとうと》さんがエジプト王《おう》に……。」

「させるもんですか！」

クレオパトラさんがどなった。

「ですよね。」

拓哉《たくや》の豆知識《まめちしき》

クレオパトラさん、セレーネさん、香里《かおり》ちゃんの会話《かいわ》をまとめると、こうなるよ。

【ローマ】　↓支配《しはい》↓　【エジプト】

ポンペイウス　↑協力《きょうりょく》↓　クレオパトラ

VS.《バーサス》　　　　VS.《バーサス》

カエサル　↑協力《きょうりょく》↓　プトレマイオス

クレオパトラさんが少し冷静《れいせい》になっていった。

「で、ポンペイウスさまを破《やぶ》ったカエサルさまがアレクサンドリアの宮殿《きゅうでん》に入《はい》ってきていて、今夜《こんや》、プトレマイオスとあたしを呼《よ》んでるらしい。たぶん、どちらがエジプト王《おう》にふさわしいかを決《き》めるためよ。」

「じゃあ、早《はや》く行《い》かないと！　じゃないと、プトレマイオスがエジプト王《おう》と認《みと》められることになっちゃいますよ！」

「でも、アレクサンドリアの宮殿《きゅうでん》は、弟《おとうと》の兵《へい》たちに埋《う》めつくされているはず。」

「クレオパトラさんは宮殿《きゅうでん》に入《い》れてもらえない、ってことですか？」

「それですめばいいけど。」

「どういうことですか？」

「のこのこ近《ちか》づいていったら殺《ころ》されるかもしれないわ。」

「えっ。」

拓《た》っくんと亮平《りょうへい》くんの声《こえ》も聞《き》こえてくる。

「うそだろ。」

「マジ？」

わたしの足下《あしもと》でタイムがまだうなり声《ごえ》をあげている。

「ウウウ。」

「ダメよ、タイム。」

わたしがタイムを抱《だ》き上《あ》げると、クレオパトラさんがルナを抱《だ》き上《あ》げた。

クレオパトラさんがいう。

「だから、アレクサンドリアの宮殿《きゅうでん》に近《ちか》づく方法《ほうほう》をこれから考《かんが》えださないといけないのよ！　でも……。」

クレオパトラさんが、それまでの怒《おこ》った顔《かお》つきから、急《きゅう》に魂《たましい》が抜《ぬ》けたような顔《かお》になって、いった。

「セレーネ、おなかがすいたわ。」

次《つぎ》の瞬間《しゅんかん》、亮平《りょうへい》くんのおなかが大《おお》きく鳴《な》った。それにつづいて、拓《た》っくん、わたしのおなかも鳴《な》った。

「腹《はら》が減《へ》っては戦《いくさ》ができぬ！　ですよね！」

亮平《りょうへい》くんがいったら、ことわざが通《つう》じないクレオパトラさんがいった。

「戦《いくさ》なんかしないわよ。乗《の》りこんでいくだけ。」

亮平《りょうへい》くん、残念《ざんねん》そうに肩《かた》を落《お》とす。

「えっと、『腹《はら》が減《へ》っては戦《いくさ》ができぬ。』というのは、ぼくたちの住《す》む日本《にっぽん》って国《くに》のことわざです。」

「そうなんだ。でも戦《いくさ》じゃないわよ。」

「わ、わかってますってば。」

亮平《りょうへい》くん、胸《むね》の前《まえ》で両手《りょうて》を合《あ》わせて拝《おが》むようなポーズ。

それを見《み》て拓《た》っくんも、同《おな》じポーズをとる。

んもう、ふたりともクレオパトラさんが美人《びじん》だからって。

セレーネさんがいう。

「では、お客《きゃく》さまもいるので、ごちそうを。」

「身体《からだ》に悪《わる》いごちそうならいらないわ。質素《しっそ》でも美容《びよう》にいいものにしてちょうだい。いつもいってるでしょ。あ、そうそう。手伝《てつだ》ってあげる。」

「でも……。」

「この子《こ》どもたちと話《はなし》をしてろ、っていうの？」

「あ、いえ。」

亮平《りょうへい》くんがいう。

「ぼくたちは、クレオパトラさんと、もっと話《はなし》をしていたいです！」

「おれも！」

拓《た》っくんもいう。

クレオパトラさんが、わたしたちのほうを向《む》いて、いった。

「イ、ヤ、よ。――なにか食《た》べるものを出《だ》してあげるから、ここでおとなしく待《ま》っていなさい。できたら食堂《しょくどう》に呼《よ》んであげるから。そうしたら、いらっしゃい。」

ルナを抱《だ》いたクレオパトラさん、セレーネさんが、植物《しょくぶつ》のある広間《ひろま》から出《で》ていった。

⑥ 美《び》容《よう》第《だい》一《いち》！ エジプト料理《りょうり》

わたしは、クレオパトラさんとセレーネさんの背中《せなか》を見送《みおく》ってから、ため息《いき》をついた。

「このあいだ、ナポレオンさんとジョゼフィーヌさんのいるフランスにタイムスリップしたと思《おも》ったら、こんどはクレオパトラさんのいるエジプトだなんてね。」

「さっきまで二十一世紀《せいき》は真冬《まふゆ》だったんだから、身体《からだ》がおかしくなっちゃうよ。」

「拓《た》っくんも、そういうわりには元気《げんき》そうだけど。だいいち、拓《た》っくんも亮平《りょうへい》くんも、美《び》人《じん》のクレオパトラさんとセレーネさんの前《まえ》で、こーんなに……。」

わたしは、自分《じぶん》で鼻《はな》の下《した》を伸《の》ばしてみせながらいった。

「……鼻《はな》の下《した》伸《の》ばしちゃってさ。」

「うっせえ。」

拓《た》っくんは受《う》け答《こた》えしてくれたけど、亮平《りょうへい》くんは上《うわ》の空《そら》。

拓《た》っくんが、亮平《りょうへい》くんの顔《かお》の前《まえ》で手《て》をひらひらと動《うご》かす。

「おーい。どうしたんだよ、亮平《りょうへい》。なにを想像《そうぞう》してるんだ？」

亮平《りょうへい》くん、ぶるぶるっと頭《あたま》を横《よこ》に振《ふ》ってから、いった。

「クレオパトラさん、なにを食《た》べさせてくれるのかなあ、って。」

「なんだ、亮平《りょうへい》、食《く》い物《もの》のこと考《かんが》えてたのか。」

拓《た》っくんが、がっくりと肩《かた》を落《お》とす。

亮平《りょうへい》が、上《うわ》の空《そら》のまま、つづけた。

「いいじゃん。それにしてもさあ、ナポレオンさんが食《た》べさせてくれた『鶏《にわとり》のマレンゴ風《ふう》』、うまかったなあ、って。」

「たしかにうまかったけどさ。あれは十九世紀《せいき》はじめで、今回《こんかい》は紀元前《きげんぜん》だぜ。」

「あ、そうか。日本《にっぽん》だったら、弥生時代《やよいじだい》か。」

「どうせ、木《こ》の実《み》そのまんまとか、魚《さかな》そのまんまとか。」

「拓哉《たくや》、それは縄文時代《じょうもんじだい》。」

「じゃあ、マンモスの鼻《はな》の輪切《わぎ》りのステーキ。」

「それは旧石器時代《きゅうせっきじだい》っていうか、なんかの漫画《まんが》の世界《せかい》そのまんまじゃん。縄文時代《じょうもんじだい》とか弥生時代《やよいじだい》だって、土器《どき》ができたことで煮炊《にた》きするようになったんだから、素材《そざい》そのまんまとか、焼《や》いただけなんてものは出《で》てこないよ。」

わたしたちは、広間《ひろま》の床《ゆか》に、輪《わ》になってすわった。拓《た》っくんと亮平《りょうへい》くんはあぐらで、わたしは体育《たいいく》ずわり。

タイムは、わたしの左脇《ひだりわき》に、おなかをつけてすわり、くつろぐ。

「さっきの話《はなし》だけどさ、クレオパトラさんと弟《おとうと》のプトレマイオスは対立《たいりつ》してるらしいけど、どっちが勝《か》つんだ。」

拓《た》っくんだ。

「そりゃクレオパトラさんだよ。だってプトレマイオス朝最後《ちょうさいご》の女王《じょおう》だよ。」

「じゃあ、おれたち、なにもしないで見《み》てればいいのか?」

「かかわった以上《いじょう》、そうもいかないよ。っていうか、かかわりたいじゃん。」

わたしも、亮平《りょうへい》くんに同意《どうい》した。

「わたしも！」

「でもさ。」

拓《た》っくんが少《すこ》し考《かんが》える顔《かお》をする。

「ナポレオンさんのときは、ほんとうに三時間《じかん》しか眠《ねむ》らないかどうかたしかめたかったじゃん？」

「交替《こうたい》で見張《みは》ったよね。」

「寝《ね》てたくせにーっ。」

「うっ。」

わたしがつっこむと、亮平《りょうへい》くんが両手《りょうて》で口《くち》をふさぐしぐさをした。

拓《た》っくんがいう。

「クレオパトラさんについては、なにをたしかめればいいんだ？」

「そりゃ……。」

亮平《りょうへい》くんだ。

「……あれだろ。さっき香里《かおり》ちゃんがいってた『クレオパトラの鼻《はな》がもう少《すこ》し低《ひく》かったら、世界《せかい》の歴史《れきし》も変《か》わっていただろう。』だろ。」

わたしは、ふたりにいった。

「鼻《はな》、高《たか》かったよ。」

「高《たか》かった。——ちゃんちゃん！」

拓《た》っくんと亮平《りょうへい》くんがハモる。

「でも、『クレオパトラの鼻《はな》がもう少《すこ》し低《ひく》かったら、世界《せかい》の歴史《れきし》も変《か》わっていただろう。』って、どういうこと？　クレオパトラさんの鼻《はな》が低《ひく》かったら、歴史《れきし》がどう変《か》わるっていうの？」

「あっ。」

ふたりが口《くち》をぽかんと開《あ》ける。

「そこまで……。」と拓《た》っくん。

「……考《かんが》えなかった。」と亮平《りょうへい》くん。

「これは宿題《しゅくだい》ね。」

わたしは、亮平《りょうへい》くんのほうを見《み》て、きいた。

「あとは、なにがある?」

「ん〜、『毒蛇《どくじゃ》に咬《か》ませて自殺《じさつ》した。』かな。」

わたしは首《くび》を横《よこ》に振《ふ》った。

「だって、クレオパトラさん、いますぐ死《し》ぬわけじゃないし。」

「そっか。これからカエサルさんと会《あ》うんだもんね。」

亮平《りょうへい》くんがうなずいたところで、セレーネさんの声《こえ》がした。

「お食事《しょくじ》ができました。どうぞこちらへ。クレオパトラさまがお待《ま》ちですわよ。」

「はーい!」

わたしたちはそろって返事《へんじ》をして、あわてて立《た》ち上《あ》がった。

わたしの足下《あしもと》をタイムも歩《ある》く。

セレーネさんに案内《あんない》されて、わたしたちは食堂《しょくどう》に入《はい》った。

石造《いしづく》りの大《おお》きなテーブルの、いわゆる上座《かみざ》にはクレオパトラさんがすわっていた。

クレオパトラさんの足下《あしもと》にはルナがちょこんとすわっていて、前《まえ》に小《ちい》さな器《うつわ》。なかにスープらしきものが入《はい》っている。

わたしたちは、クレオパトラさんの向《む》かいに並《なら》んですわった。

わたしが中央《ちゅうおう》で、右《みぎ》に拓《た》っくん、左《ひだり》に亮平《りょうへい》くん。

タイムは、わたしの前《まえ》。テーブルの真下《ました》にすわっている。

すわった椅子《いす》もまた石造《いしづく》りだった。

クレオパトラさんが不服《ふふく》そうにいう。

「アレクサンドリアの宮殿《きゅうでん》なら、金塗《きんぬ》りの立派《りっぱ》な椅子《いす》があるのに。」

「これでじゅうぶんです。」

でも石造《いしづく》りだから、硬《かた》く、すわっていると冷《つめ》たさが伝《つた》わってきた。

香里《かおり》クイズ

Q《キュー》. クレオパトラが好物《こうぶつ》だったとされる緑色《みどりいろ》の葉《は》っぱは？

A《エー》 ケール

B《ビー》　ホウレンソウ
C《シー》　モロヘイヤ

そして目《め》の前《まえ》には、素焼《すや》きの器《うつわ》に入《はい》った料理《りょうり》が二品《ふたしな》。正《ただ》しくは一品《ひとしな》。さらっとしていなくて、どろどろとしたかんじの、濃《こ》い緑色《みどりいろ》のスープ（？）と、山盛《やまも》りになった平《ひら》たいパンだけだった。

「これは、なんですか？」

わたしがきくと、テーブルの端《はし》に腰《こし》かけたセレーネさんが教《おし》えてくれた。

「モロヘイヤのスープとエイシです。」

モロヘイヤは葉《は》っぱの種類《しゅるい》だけど、エイシは聞《き》いたことがなかった。

「エイシ？」

「そのパンよ。」

亮平《りょうへい》の料理《りょうり》教室《きょうしつ》

モロヘイヤスープの作《つく》り方《かた》

1、モロヘイヤをよく洗《あら》って、葉《は》と茎《くき》をわけます。

2、モロヘイヤの葉《は》を包丁《ほうちょう》で細《こま》かく刻《きざ》みます。刻《きざ》むと粘《ねば》りけが出《で》てきます。フードプロセッサーやミキサーにかけてもいいですが、包丁《ほうちょう》を使《つか》ったほうが葉《は》の歯《は》ざわりが残《のこ》ります。

3、鍋《なべ》にサラダ油《あぶら》をひいて熱《ねっ》します。

4、鍋《なべ》にニンニクのみじん切《ぎ》りを入《い》れて、弱《よわ》

めの火《ひ》で香《かお》りが出《で》るまで炒《いた》めます。
5、水《みず》を入《い》れて沸騰《ふっとう》させます。
6、鶏《とり》がらスープを入《い》れます。
7、塩《しお》・コショウで味《あじ》を調《ととの》えます。
8、ひと煮立《にた》ちしたところで、刻《きざ》んでおいたモロヘイヤを一気《いっき》に入《い》れます。
9、鍋《なべ》のなかをすばやく混《ま》ぜます。
10、泡立《あわだ》て器《き》があるといいです。
11、最後《さいご》にコリアンダー（パクチー）を入《い》れてもいいですが、これは好《す》き好《ず》き。

「それから……。」

セレーネさんが、別《べつ》の器《うつわ》を出《だ》してきてくれた。

なかには、スープに浸《ひた》されたパン、エイシが入《はい》っている。

セレーネさんが説明《せつめい》してくれる。

「これは、そのわんちゃんに。鶏《にわとり》のだし汁《じる》とパン。これなら食《た》べられるでしょ。」

「ありがとうございます。」

「ワン！」


〈やったー！　パンだ、パンだ。鶏《にわとり》のだし汁《じる》の味付《あじつ》きパンだ！　ルナも同《おな》じものを食《た》べてるみたい。ま、いいや。二十一世紀《せいき》に来《き》てからパンってものを知《し》ったけど、最高《さいこう》においしいよ。とくに黒糖《こくとう》パンとか甘《あま》くてチョーいいよ！　ほんとうは、なかに入《はい》ってるマーガリンも食《た》べたいけど、香里《かおり》さまが『身体《からだ》に悪《わる》そう。』っていって、くれないいんだ。それをいったら黒糖《こくとう》パンそのものが糖分《とうぶん》とりすぎじゃね、って思《おも》うんだけどね。〉

器《うつわ》を受《う》け取《と》ったわたしは、タイムのそばに置《お》いてあげた。

「さ、いただくわよ。モロヘイヤは美容《びよう》にいいんだから。」

クレオパトラさんは、スープに平《ひら》たいパン、エイシを浸《ひた》しながら食《た》べはじめた。

拓《た》っくんが小声《こごえ》でいう。

「緑色《みどりいろ》で、どろどろ。なんか、まずそうなんだけど。」

「モロヘイヤ、おいしいよ。」

わたしは、家《うち》のお手伝《てつだ》いさんのサキさんが作《つく》ってくれて、食《た》べたことがあった。

「亮平《りょうへい》、食《く》えるか。」

「おれ、食《た》べたことないけど、食《く》う。なんでも挑戦《ちょうせん》だよ。試《ため》してみて、まずかったら、食《く》わなきゃいいんだから。」

まず、わたしと亮平《りょうへい》くんは、はじめて食《た》べるエイシというパンをちぎって食《た》べてみた。

硬《かた》くて、なかなかちぎれなかった。ひときれ食《た》べてみたけど、ざらざら、ごわごわしてるかんじで、それだけで食《た》べるのは、ちょっと勘弁《かんべん》だった。二十一世紀《せいき》に暮《く》らすわたしたちは、きっとおいしいパンに慣《な》れちゃってるんだ。

わたしと亮平《りょうへい》くんは顔《かお》で「まずいね。」とたしかめあってから、エイシをモロヘイヤスープに浸《ひた》して食《た》べはじめた。

モロヘイヤスープは、あたたかくて、どろっとしてて、なにより甘《あま》みがあって、ニンニクの香《かお》り、コショウの刺激《しげき》もあって。

「おいしい！」

「おいしいね、香里《かおり》ちゃん！」

わたしと亮平《りょうへい》くんが同時《どうじ》に声《こえ》をあげると、拓《た》っくんの喉《のど》がごくりと鳴《な》った。

わたしと亮平《りょうへい》くんが、気《き》にしてないふりをして食《た》べつづけていると、とうとう拓《た》っくんの手《て》が動《うご》いた。エイシを手《て》に取《と》り、モロヘイヤスープに浸《ひた》し、目《め》を閉《と》じながら、おそるおそる口《くち》に運《はこ》んだ。

顔《かお》の表情《ひょうじょう》が固《かた》まったと思《おも》ったら、次《つぎ》の瞬間《しゅんかん》――。

「うめぇ！」

手《て》の動《うご》きが速《はや》くなった。

テーブルの端《はし》にすわったセレーネさんが小声《こごえ》でいう。

「よかったですわ。」

クレオパトラさんがつっけんどんな顔《かお》つきでいった。

「あたりまえよ。モロヘイヤスープがまずいなんていったら許《ゆる》さない。」

セレーネさんが、新《あたら》しいエイシを手《て》に取《と》って折《お》り曲《ま》げてスプーンのようにし、モロヘイヤスープをすくって食《た》べはじめた。

それにクレオパトラさんが気《き》づく。

「そうやると、スープをじょうずにすくえるわね。」

「ええ。」

返事《へんじ》をしたセレーネさんの手《て》の動《うご》きが止《と》まった。

「クレオパトラさま、これです！」

「なによ。」

「エジプトの風習《ふうしゅう》なのに、どうして思《おも》いつかなかったのでしょう！」

「セレーネらしくないわね。興奮《こうふん》しちゃって。どうしたっていうの。」

「プトレマイオスの兵《へい》たちで埋《う》めつくされているであろうアレクサンドリアの宮殿《きゅうでん》に入《はい》る方法《ほうほう》です。」

「どういうこと？」

クレオパトラさんがセレーネさんにきく。

「エジプトでは、大事《だいじ》な贈《おく》り物《もの》を毛布《もうふ》にくるんで送《おく》る風習《ふうしゅう》がありますでしょ？」

「あるわね。」

「クレオパトラさまに、こんなことをさせるのはどうかと思《おも》いますが。」

セレーネさんが口《くち》ごもる。

「いいから、いいなさい！」

「アレクサンドリアまで行《い》ったら、クレオパトラさまを毛布《もうふ》にくるんで、あくまでも荷物《にもつ》として、宮殿《きゅうでん》に運《はこ》びこみ、カエサルさまの前《まえ》に差《さ》し出《だ》すのです。」

あっ！　エイシを折《お》り曲《ま》げているのを見《み》て思《おも》いついたんだ。

わたしはセレーネさんに向《む》かって、いった。

「セレーネさん、すごいです！」

「いえ、わたくしは、なにも。」

「それで、だれが運《はこ》びこむんですか？」

「あなたたちに決《き》まってるでしょ。」

えっ。

わたしも拓《た》っくんも亮平《りょうへい》くんも、手《て》にエイシを持《も》ったまま、口《くち》をあんぐり。

そんなわたしたちを無視《むし》して、クレオパトラさんは満足《まんぞく》そうな表情《ひょうじょう》でいった。

「さあ、これから準備《じゅんび》するわよ。さっさと食《た》べておしまいなさい。食《た》べたら、さっきの広《ひろ》間《ま》に先《さき》に行《い》っていなさい。このあとアレクサンドリアに行《い》くんですからね。」

さらにクレオパトラさんは、セレーネさんにいった。

「セレーネ、食後《しょくご》に、あれ、持《も》ってきてちょうだい。」

「はい、かしこまりました。」

「『あれ』ってなんですか？」

香里《かおり》クイズ

Q《キュー》. クレオパトラが飲《の》んでいたとされるドリンクはなに?

A《エー》　酢《す》に土《つち》を溶《と》かしたドリンク

B《ビー》　酢《す》に真珠《しんじゅ》を溶《と》かしたドリンク

C《シー》　酢《す》に金粉《きんぷん》を溶《と》かしたドリンク

わたしがきくと、クレオパトラさんがいう。

「まあ、見《み》てなさい。」

先《さき》に食《た》べ終《お》わったセレーネさんがいちど厨房《ちゅうぼう》にもどると、すぐに青系《あおけい》の極彩色《ごくさいしき》に塗《ぬ》られた細長《ほそなが》い容器《ようき》を出《だ》してきた。

それを受《う》け取《と》ったクレオパトラさんは口《くち》につけた。

飲《の》みものらしい。

「なんですか、それ。」

わたしがきくと、クレオパトラさんが微笑《ほほえ》んだ。

「美容《びよう》のための飲《の》みものよ。」

「美容《びよう》のための？」

「真珠《しんじゅ》を溶《と》かした酢《す》よ。」

「…………。」

わたしは、まったく想像《そうぞう》できなかった。

真珠《しんじゅ》を……溶《と》かした……酢《す》……なんて飲《の》んでいいの？

左右《さゆう》を見《み》ると、拓《た》っくんも亮平《りょうへい》くんも目《め》が点《てん》。

「ふふふ。」

クレオパトラさんは満足《まんぞく》そうに、また微笑《ほほえ》むと、容器《ようき》のなかの液体《えきたい》を一気《いっき》に飲《の》み干《ほ》した。

⑦クレオパトラさんが消《き》えた！

モロヘイヤスープと、エイシというパンを食《た》べ終《お》わったわたし、拓《た》っくん、亮平《りょうへい》くん、そしてタイムは、さっきまでいた広間《ひろま》にもどった。

床《ゆか》で輪《わ》になってすわったところで、拓《た》っくんが亮平《りょうへい》くんにきいた。

「なあ、亮平《りょうへい》。クレオパトラさん、アレクサンドリアに行《い》くっていってたけど、どうやって行《い》くんだろうな。飛行機《ひこうき》も、新幹線《しんかんせん》も、電車《でんしゃ》も、クルマも、ないんだぜ。まさか歩《ある》き？」

「さあ？」

「おまえ、古代《こだい》エジプトの番組《ばんぐみ》を観《み》たんじゃないのかよ。」

「観《み》たからって、なんでもわかるわけじゃないよ。」

そのとき――。

「きゃっ。」

女《おんな》の人《ひと》の悲鳴《ひめい》が聞《き》こえたと思《おも》った直後《ちょくご》、皿《さら》の割《わ》れる音《おと》がした。

ああ、セレーネさん、お皿《さら》を割《わ》っちゃったんだ。

わたしたちは、いっせいに食堂《しょくどう》のほうを見《み》た。

耳《みみ》をすませていたけど、あとは、しんと静《しず》かなままだった。

拓《た》っくんがあらたまっていう。

「やっぱり、おれたちもアレクサンドリアに行《い》かなきゃいけないのかな。なあ、香里《かおり》ちゃん。」

わたしは、いつか拓《た》っくんと亮平《りょうへい》くんがやっていたゲームのタイトルを思《おも》い出《だ》しながら、いった。

「アレクサンドリアに行《い》くと、古代《こだい》ヨーロッパ戦国《せんごく》ゲーム『ローマ帝国無双《ていこくむそう》』のカエサルがいるのよ。」

「カエサルかあ……。」

「……うーん。」

拓《た》っくんと亮平《りょうへい》くんの反応《はんのう》がイマイチ。わたしは、あまりいいたくなかったけど、いった。

「美人《びじん》のクレオパトラさんとセレーネさんと、ずっといっしょにいられるよ。」

拓《た》っくんと亮平《りょうへい》くんが顔《かお》を見合《みあ》わせてから、同時《どうじ》にいう。

「行《い》く！」

「ああ、まったく。」

「なに？」

拓《た》っくんと亮平《りょうへい》くんが、同時《どうじ》にきく。

「なんでもない。」

タイムが食堂《しょくどう》のほうを向《む》いて身《み》がまえた。

「ウウウ。」

アビシニアンのルナが広間《ひろま》に入《はい》ってくる。

つづいて、セレーネさんも広間《ひろま》に入《はい》ってきた。

「あら？　クレオパトラさまはいらっしゃらないの？」

わたしたちは立《た》ち上《あ》がった。

セレーネさんが、あたりを見《み》まわす。

わたしが代表《だいひょう》して受《う》け答《こた》えした。

「わたしたちが広間《ひろま》にもどってから、クレオパトラさんは食堂《しょくどう》から出《で》てきていません。わたしたち、クレオパトラさんの顔《かお》を見《み》ていません。」

「あら……おかしいですわね。あなたたちのすぐあとに食堂《しょくどう》を出《で》たのに。わたくし、ちょっと捜《さが》してきますわ。」

「わたしたちも捜《さが》します。」

「あなたたちは、この宮殿《きゅうでん》のことを知《し》らないでしょ？　迷子《まいご》になるといけないから、ここにいてください。」

それだけいうと、セレーネさんは広間《ひろま》から奥《おく》へ消《き》えた。

ルナが広間《ひろま》に残《のこ》る。

「でも、どうしたんだろ。」

わたしがつぶやくと、拓《た》っくんと亮平《りょうへい》くんがいった。

「着替《きか》えにでも行《い》ってるんじゃないか？」

「トイレじゃね？」

すぐにセレーネさんがもどってきた。

「お部屋《へや》にも、トイレにもいないのよ。こんなこと、はじめて。」

わたしは、あることを思《おも》い出《だ》してセレーネさんに報告《ほうこく》した。

「わたしたちが広間《ひろま》にもどってすぐ、食堂《しょくどう》のほうから小《ち》さな悲鳴《ひめい》と食器《しょっき》が割《わ》れる音《おと》が聞《き》こえませんでした？」

「ああ、わたくしが奥《おく》の厨房《ちゅうぼう》にいるときですわ。だから聞《き》こえなかったのですね。でも……。」

セレーネさんが、顔《かお》をはっとさせてきいてきた。

「食器《しょっき》が割《わ》れてから悲鳴《ひめい》が聞《き》こえたのですか？　それとも悲鳴《ひめい》が聞《き》こえてから食器《しょっき》が割《わ》れたのですか？」

わたしは思《おも》い出《だ》しながら答《こた》えた。

「悲鳴《ひめい》が聞《き》こえてから食器《しょっき》が割《わ》れました。」

「食器《しょっき》を割《わ》って、おどろいて悲鳴《ひめい》をあげたんじゃないとすると……。」

「あっ、そっか。あのとき、クレオパトラさんになにかが起《お》きて、手《て》にしてた食器《しょっき》を落《お》として割《わ》った、ってことですか？」

「そうなりますわね。」

「でも、そのなにかって？」

わたしがきくと、セレーネさんが半分《はんぶん》泣《な》いたような声《こえ》で教《おし》えてくれた。

「プトレマイオスの手《て》の者《もの》じゃないかと。」

「プトレマイオスって、弟《おとうと》さん？」

「そう。プトレマイオスが、クレオパトラさまをカエサルさまに会《あ》わせないため、無理《むり》やり連《つ》れ去《さ》ったのではないかしら。」

「無理《むり》やり連《つ》れ去《さ》った!?」

わたしのほうを見《み》た拓《たく》っくんがいう。

「マジかよ！」

亮平《りょうへい》くんもつづく。

「それ、ヤバくない？」

わたしは返事《へんじ》をするよりも先《さき》に身体《からだ》が動《うご》いていた。

「クレオパトラさーん！」

さけびながら、広間《ひろま》を歩《ある》いてまわった。

拓《た》っくん、亮平《りょうへい》くんもクレオパトラさんの名前《なまえ》をさけびつづけた。

タイムも吠《ほ》える。

「ワン！　ワンワン！」

でもクレオパトラさんは姿《すがた》をあらわさなければ返事《へんじ》もない。

セレーネさんが、頭《あたま》を抱《かか》えて、うずくまった。

「ああ！　わたくしがちゃんと見張《みは》っていなかったから、こんなことになってしまったんだわ。」

わたしは、セレーネさんに近《ちか》づいていって、きいた。

「これまで、ふらっといなくなること、なかったんですか？」

「ないわ。やっぱりプトレマイオスの手《て》の者《もの》のせいなんじゃ。」

「もし、プトレマイオスの手《て》の者《もの》によって連《つ》れ去《さ》られたのだとしたら、クレオパトラさんは、どうなっちゃうんですか？」

頭《あたま》を抱《かか》えていたセレーネさんが、はっとして顔《かお》をあげる。

「ああ、クレオパトラさまの身《み》になにかあったら……。」

「クレオパトラさん、どうなっちゃうんですか？　アレクサンドリアに連《つ》れていかれるんですか？」

「それはないわ。だってアレクサンドリアに連《つ》れていったら、カエサルさまに会《あ》ってしまうことになるから。」

「じゃあ、このへんに？　手分《てわ》けして、捜《さが》しますか？」

「無理《むり》よ。あなたたち、この土地《とち》を知《し》らないでしょ。わたくしだって、あまり詳《くわ》しくない。ああ……。」

セレーネさんが、また頭《あたま》を抱《かか》える。

「なんですか？」

「もしこのままクレオパトラさまが見《み》つからなかったら、このエジプトはプトレマイオスのものになってしまう。今夜《こんや》、どうしてもクレオパトラさまはカエサルさまに会《あ》わないといけないの。」

「そうだ！」

拓《た》っくんの声《こえ》が響《ひび》いた。

亮平《りょうへい》くんがきく。

「拓哉《たくや》、どうしたんだよ。」

「セレーネさん。」

「なに？」

「カエサルさんは、クレオパトラさんの顔《かお》を知《し》っているんですか？」

「いいえ。ただ……。」

「ただ？」

「カエサルさまの好《この》みの女性《じょせい》のタイプは噂《うわさ》で伝《つた》え聞《き》いています。なんでも女性《じょせい》の美醜《びしゅう》にうるさい方《かた》だとか……。」

「どんな女性《じょせい》なんですか？」

「黒髪《くろかみ》で、色黒《いろぐろ》。」

わたしはセレーネさんを見《み》て、クレオパトラさんを思《おも》い出《だ》して、はっとした。

ふたりとも、髪《かみ》の毛《け》は真《ま》っ黒《くろ》のおかっぱのかたちで、肌《はだ》はよく日焼《ひや》けしていて、茶褐《ちゃかっ》色《しょく》。

まさに、カエサルさんのタイプ！

わたしはセレーネさんにいった。

「セレーネさんがクレオパトラさんになればいいんですよ！」

⑧身代《みが》わりを立《た》てる!?

「はっ!?　わたくしがクレオパトラさまに!?」

セレーネさんが首《くび》をかしげて、わたしの顔《かお》を見《み》てくる。

わたしは、セレーネさんに向《む》かってまくしたてた。

「だって、このままだとプトレマイオスがエジプト王《おう》になっちゃうんですよね。」

「そうですわね。」

「どうしてもクレオパトラさんをエジプト王《おう》にしたいなら、だれかがクレオパトラさんになるしかないじゃないですか。」

「クレオパトラさまに……。」

「そうです！　カエサルさんがクレオパトラさんを見《み》たことがないのなら、ここはセレーネさんがクレオパトラさんの身代《みが》わりになるのがいちばんだと思《おも》います。」

左手首《ひだりてくび》に腕時計型同時通訳装置《うでどけいがたどうじつうやくそうち》をつけていなければ、こんなにまくしたてることはできなかった。

セレーネさんが、静《しず》かに息《いき》を吐《は》く。

「そうですわね。こういうときのために、わたくしがいるのですものね。」

「どういうことですか？」

「じつは、わたくし、クレオパトラさまの影武者《かげむしゃ》なのです。」

「影武者《かげむしゃ》？」

「ええ。プトレマイオスから命《いのち》をねらわれていることを知《し》ったクレオパトラさまが、容姿《ようし》の似《に》たわたくしに身《み》のまわりのお手伝《てつだ》いをさせるようになったのです。」

「そうだったんですか。」

拓《た》っくんと亮平《りょうへい》くん、口《くち》をあんぐり。

「クレオパトラさまの安否《あんぴ》は心配《しんぱい》ですけど、こういうときこそ、わたくしは、クレオパトラさまのお役《やく》に立《た》たなければいけませんね。」

「そうですよ！」

わたしは、セレーネさんをはげました。

「ニャア！」

アビシニアンのルナが鳴《な》く。

「ルナもそう思《おも》うでしょ？」

セレーネさんが、しゃがんで、ルナを抱《だ》き上《あ》げようとしたときだった。

「ニャア！」

「痛《いた》っ！」

ルナの鳴《な》き声《ごえ》とセレーネさんの悲鳴《ひめい》が同時《どうじ》だった。

セレーネさんが、思《おも》わずルナを放《はな》す。

ルナは、「ニャッ！」といいながら、格好《かっこう》よく着地《ちゃくち》すると、バツが悪《わる》いのか、走《はし》っ

て逃《に》げ出《だ》した。

タイムは、振《ふ》り返《かえ》り振《ふ》り返《かえ》り、走《はし》り去《さ》っていくルナを、ぼーっとした顔《かお》で見送《みおく》っている。

〈ちょ、ちょっ、ルナ、なにやってるんだよ！　ひっでえことしやがるなあ。クレオパトラさんの猫《ねこ》で、セレーネさんの猫《ねこ》じゃないとしてもさあ、女性《じょせい》の頰《ほお》に傷《きず》をつけるってどういうことだよ。おいら、飼《か》い主《ぬし》の香里《かおり》さまはもちろん、拓哉《たくや》の顔《かお》にも、亮平《りょうへい》の顔《かお》にだって、傷《きず》をつけたりしたことないよ。〉

拓《た》っくんと亮平《りょうへい》くんが走《はし》り寄《よ》る。

「セレーネさん！」

「せっかくの美人《びじん》が！」

セレーネさんは、内股《うちまた》で立《た》ったまま、左頰《ひだりほお》を手《て》で押《お》さえている。

その手《て》をそっとはなすと、左頰《ひだりほお》には数本《すうほん》のひっかき傷《きず》が走《はし》っていた。

「ああ！　クレオパトラは……クレオパトラさまは美容《びよう》が第一《だいいち》、美《び》が命《いのち》なのに！　これじゃ、とてもじゃないけど、カエサルさまの前《まえ》に出《で》ることができませんわ！」

拓《た》っくんがいう。

「あ、そうか。クレオパトラさんはプライドが高《たか》いんでしたね。」

「それがどうかした？」

「あ、いえ。」

拓《た》っくん、少《すこ》しビビった顔《かお》になる。

「ごめんなさい。お手伝《てつだ》いの立場《たちば》で、お客《きゃく》さまに、こんな口《くち》の利《き》き方《かた》をしてしまって。」

わたしはセレーネさんにきいた。

「カエサルさんの前《まえ》では、顔《かお》を隠《かく》して、傷《きず》を見《み》せないようにするっていうのは？」

「隠《かく》してたら、ますます見《み》たくなるってものですわ。」

「それもそうですね。――と、とにかく、治療《ちりょう》を！」

「だいじょうぶです。ちょっと待《ま》っててください。」

セレーネさんは、広間《ひろま》を歩《ある》いて、植物《しょくぶつ》のなかからアロエを見《み》つけると、厚《あつ》い葉《は》を一枚《まい》もぎ、皮《かわ》をはいだ。皮《かわ》の下《した》から出《で》てきた透明《とうめい》なジェルみたいな液体《えきたい》を指《ゆび》ですくうと、左頬《ひだりほお》の傷《きず》に塗《ぬ》りはじめた。

わたしは思《おも》わずきいた。

「それ、傷《きず》に効《き》くんですか？」

「ええ。クレオパトラさまの見《み》よう見《み》まねですけど。」

香里《かおり》の豆知識《まめちしき》

アロエ

アフリカ原産《げんさん》のユリ科《か》アロエ属《ぞく》の多肉植物《たにくしょくぶつ》。葉《は》は剣《つるぎ》みたいで、縁《ふち》にトゲがあるのは知《し》ってるよね。葉《は》は、傷薬《きずぐすり》になるほか、胃薬《いぐすり》や便秘薬《べんぴやく》にもなるの。でも半端《はんぱ》な知識《ちしき》でマネしないでね。

セレーネさんが、さらにいう。

「クレオパトラさまは、このアロエの液《えき》に蜂蜜《はちみつ》を混《ま》ぜて、肌《はだ》に塗《ぬ》ってますわ。」

「お肌《はだ》がきれいになるんですか？」

「もちろん！　だからクレオパトラさまはきれいなのよ。」

わたしは、二十一世紀《せいき》にもどったら、売《う》れっ子《こ》ミステリー作家《さっか》鮎川里紗《あゆかわりさ》でもあるママに教《おし》えてあげようと思《おも》った。

原稿《げんこう》の締《し》め切《き》りギリギリで忙《いそが》しいとき、家《いえ》のなかでは、お化粧《けしょう》にも、おしゃれにも無頓《むとん》着《ちゃく》になっちゃうけど、一歩《いっぽ》外《そと》に出《で》るとなると、化粧《けしょう》もおしゃれもばっちり決《き》める。もともとスタイルもいいから、いきなりモデルさんのようになってしまう。

「クレオパトラがやってた」って聞《き》くだけで、きっと実践《じっせん》すると思《おも》う。ママは、けっこう新《あたら》しもの好《ず》きで、ミーハーだから。

治療《ちりょう》しているセレーネさんを見《み》ながら、拓《た》っくんと亮平《りょうへい》くんは半歩《はんぽ》さがっている。

拓《た》っくんと亮平《りょうへい》くんが、おそるおそるセレーネさんにきく。

「しみないんですか？」

「べたべたしないんですか？」

わたしは、拓《た》っくんと亮平《りょうへい》くんの前《まえ》に仁王立《におうだ》ちになった。腰《こし》に手《て》をあてる。

「ほんと、男《おとこ》の子《こ》は、痛《いた》いのとか、血《ち》とか、弱《よわ》いんだから。」

「だって……。」

「……なあ。」

拓《た》っくんと亮平《りょうへい》くんが顔《かお》を見合《みあ》わせる。

治療《ちりょう》を終《お》えたセレーネさんが、ぼそりという。

「クレオパトラさまの身代《みが》わり、どうしようかしら。」

わたしは、セレーネさんにきいた。

「この宮殿《きゅうでん》のなかに、ほかにクレオパトラさんの身代《みが》わりになりそうな女《おんな》の人《ひと》はいないんですか？」

「いたら、その人《ひと》が、わたくしみたいに影武者《かげむしゃ》になれてますわ。」

「じゃあ、どうすればいいの？」

そこで拓《た》っくんがきいてきた。

「ここで、クレオパトラさんがカエサルさんに会《あ》わなかったら、どうなるんだ？」

亮平《りょうへい》くんが、セレーネさんには聞《き》こえないように、拓《た》っくんとわたしに小声《こごえ》でいう。

「カエサルさんに会《あ》えないと、エジプトの女王《じょおう》になれず、あれほど有名《ゆうめい》になれないかもしれないよ。だってクレオパトラさん、まだ二十歳《はたち》くらいってことは、彼女《かのじょ》の人生《じんせい》、これからだよね。」

わたしが、亮平《りょうへい》くんにきいた。

「ってことは、プトレマイオスが単独《たんどく》で王《おう》になって、歴史《れきし》が変《か》わっちゃうってことだよね。」

「とくにローマとの関係《かんけい》が大《おお》きく変《か》わるよね。もしかしたらローマにさっさと占領《せんりょう》されて、エジプトって国《くに》がなくなっちゃう可能性《かのうせい》だってある。」

「じゃあ、どんなことがあってもクレオパトラさんをカエサルさんの前《まえ》に連《つ》れていかないといけない。」

「でもさ。」

拓《た》っくんだ。

「本人《ほんにん》は行方不明《ゆくえふめい》で、もしかしたら連《つ》れ去《さ》られたかもしれないんだよ。影武者《かげむしゃ》のセレーネさんも顔《かお》に怪我《けが》をしちゃってるんだよ。どうするんだよ。」

「まだ中学生《ちゅうがくせい》だから、わたしってわけにもいかないし。髪《かみ》の毛《け》は黒《くろ》いけど、肌《はだ》は褐色《かっしょく》じゃないし。だいいち背《せ》が足《た》りない。ああ、こんなときに麻美《あさみ》さんがいたら。」

麻美《あさみ》さん——野々宮麻美《ののみやあさみ》さん。東京学術大学文学部国文学専攻《とうきょうがくじゅつだいがくぶんがくぶこくぶんがくせんこう》二年生《ねんせい》。わたしたちがはじめてタイムスリップした明治時代《めいじじだい》の東京《とうきょう》で出会《であ》った。それからは、タイムスリップした先《さき》で出会《であ》い、いまでは、わたしたち三人《にん》のお姉《ねえ》さん的存在《てきそんざい》だ。

麻美《あさみ》さんなら、肌《はだ》の色《いろ》さえなんとかすればクレオパトラに化《ば》けることができるんじゃないかな。

わたしが、ぼんやり思《おも》っていると、拓《た》っくんと亮平《りょうへい》くんが口《くち》をぽかんと開《あ》けた。

「あっ。」

ふたりとも一点《いってん》を見《み》つめ、ゆっくりと手《て》をあげてから、前方《ぜんぽう》、つまり向《む》き合《あ》ったわたしの背後《はいご》を指《ゆび》さした。

「な、なに？」

わたしの視界《しかい》の端《はし》に立《た》っているセレーネさんも、拓《た》っくん、亮平《りょうへい》くんと同《おな》じほうを見《み》て、やはり口《くち》をぽかんと開《あ》けている。

わたしは、右足《みぎあし》になにかがあたるのを覚《おぼ》えた。

見下《みお》ろすと、タイムが右前足《みぎまえあし》をあげて、「ねえねえ。」ってかんじで、わたしの右足《みぎあし》を突《つ》っついている。そのタイムも、わたしのうしろを見《み》ている。

「え、なに？」

わたしは、うしろを振《ふ》り向《む》いた。

「……‼」

わが目《め》を疑《うたが》った。

わたしの目《め》の前《まえ》に、麻美《あさみ》さんが立《た》っていたのだ。

白《しろ》いブラウス、ジーンズの上《うえ》から黒《くろ》いエプロンをつけている。音羽商店街《おとわしょうてんがい》にある「名曲《めいきょく》喫茶《きっさ》ガロ」でのアルバイト姿《すがた》のままだ。

「麻美《あさみ》さん、どうして。」

麻美《あさみ》さんが微笑《ほほえ》んでいう。

「『香里《かおり》ちゃんたちが困《こま》ってるみたいだから行《い》ってきて。』って上岡《かみおか》さんにいわれたの。」

「上岡写真館《かみおかしゃしんかん》」のオーナー兼《けん》カメラマンの上岡《かみおか》さんのことだ。

わたしは、麻美《あさみ》さんに小声《こごえ》できいた。

「タイムスコープで？」

「そうよ。上岡《かみおか》さんが貸《か》してくれたの。」

「いいな。」

タイムスコープは、そもそも、わたしたちタイムスリッパーを見張《みは》っている時間管理局《じかんかんりきょく》が開発《かいはつ》した時界移動装置《じかいいどうそうち》。

「いま、タイムスコープうんぬんいってる場合《ばあい》じゃないでしょ？」

わたしは首《くび》をかしげた。

「わたしたちが困《こま》っていることに気《き》づいたのなら、上岡《かみおか》さん本人《ほんにん》が来《き》てくれてもよかったのに。」

「これからわたしがすることを見《み》たら、上岡《かみおか》さんじゃ役《やく》に立《た》たないことがわかるわよ。」

そこで、ずっとようすをうかがっていたセレーネさんが口《くち》をはさんできた。

「あなたっ！　どなたっ!?」

セレーネさんは、目《め》をぱちくりさせている。

そりゃそうだ。いきなり姿《すがた》をあらわしたのだから。

すぐに麻美《あさみ》さんが受《う》け答《こた》えをした。

「この三人《にん》の知《し》り合《あ》いです。」

「突然《とつぜん》あらわれて、どこから来《き》たんですか？　この子《こ》たちと同《おな》じ『にっぽん』とかいう島国《しまぐに》？」

「え、ええ。」

いぶかしげにわたしたち四人《にん》を見《み》てくるセレーネさんに、麻美《あさみ》さんがいった。

「申《もう》し訳《わけ》ありませんが、この女《おんな》の子《こ》みたいな服《ふく》を貸《か》してくださいません？」

「それは、かまいませんけど。」

セレーネさんが奥《おく》にさがっていったところで、わたしは麻美《あさみ》さんにたずねた。

「麻美《あさみ》さん、古代《こだい》エジプトの言葉《ことば》、しゃべれるんですか？」

すると麻美《あさみ》さんが、左手《ひだりて》を前《まえ》に出《だ》して見《み》せてくれた。

麻美《あさみ》さんの左手首《ひだりてくび》には、腕時計型同時通訳装置《うでどけいがたどうじつうやくそうち》がはめられている。

「わたし、いくつか外国語《がいこくご》はしゃべれるけど、さすがに古代《こだい》エジプト語《ご》は無理《むり》よ。」

麻美《あさみ》さんのお父《とう》さんが外交官《がいこうかん》で、幼《おさな》いころから海外暮《かいがいぐ》らしが豊富《ほうふ》で、英語《えいご》、フランス語《ご》、ドイツ語《ご》など、いろんな国《くに》の言葉《ことば》をしゃべることができると聞《き》いたことがある。

「これも上岡《かみおか》さんが貸《か》してくれたの。そんなことより、あなたたち、クレオパトラの身代《みが》わりを立《た》てないといけないのよね。」

「そうです、そうです。」

「だから、上岡《かみおか》さんじゃなくて、わたしが来《き》たのよ。」

「ありがとうございます！」

「わたしが、クレオパトラさんに化《ば》けるわ。」

「でも、どうやって？」

わたしがいうと、麻美《あさみ》さんは足下《あしもと》に置《お》いた小《ちい》さめの黒《くろ》いボストンバッグを持《も》ち上《あ》げると、黒《くろ》いポーチを出《だ》して、見《み》せてくれた。

「お化粧《けしょう》ポーチ。」

「お化粧《けしょう》って、どうするんですか？」

「香里《かおり》ちゃんは、まだ中学生《ちゅうがくせい》だから、わからないかもしれないわね。ファンデーションを使《つか》って、見《み》えているところの肌《はだ》を濃《こ》くするのよ。」

「髪《かみ》の毛《け》は？」

「用意《ようい》するの、たいへんだったんだから。」

そういうと麻美《あさみ》さんはボストンバッグから、黒髪《くろかみ》のおかっぱのカツラを取《と》り出《だ》した。

「これをかぶればいいでしょ。」

「だから上岡《かみおか》さんじゃダメだったんですね？」

「そういうこと。」

「でも、クレオパトラさんの髪《かみ》の毛《け》は、一見《いっけん》したところおかっぱだけど、顔《かお》の左右《さゆう》にたれてるのはドレッドっぽいんです。」

「でも、ま、いいじゃない。らしく見《み》えれば。」

「そ、そうですね。じゃあ、さっそく、麻美《あさみ》さん、化粧《けしょう》をはじめてください！」

「まだ、ダメ。」

「どうしてですか？」

「お化粧《けしょう》してから着替《きか》えたら、ファンデーションが着《き》るものについちゃうでしょ？　まして生地《きじ》のままで染《そ》めていない麻《あさ》の服《ふく》なんだから。」

「がってん、がってん。」

わたしも、拓《た》っくんも、亮平《りょうへい》くんも、右《みぎ》の拳《こぶし》を左《ひだり》の手《て》のひらにあてて、なんどもうなずいてみせた。

セレーネさんが、麻《あさ》のワンピースと、着替《きが》えを入《い》れる麻袋《あさぶくろ》を抱《かか》えてもどってきた。

「これを着《き》てください。寸法《すんぽう》は合《あ》っていると思《おも》います。着替《きか》えは、あちらの食堂《しょくどう》で。」

「ありがとうございます。」

麻美《あさみ》さんが、ポーチをしまったボストンバッグを下《さ》げて、食堂《しょくどう》へ消《き》えた。

わたしは、安堵《あんど》のため息《いき》をついた。

「麻美《あさみ》さんがいてくれるだけで安心《あんしん》する。」

拓《た》っくんと亮平《りょうへい》くんが顔《かお》を見合《みあ》わせ、バツが悪《わる》そうな顔《かお》でいった。

「おれたちじゃ、たよりなくて……。」

「……ごめんね。」

「そ、そういう意味《いみ》じゃなくて。」

「うう。」

拓《た》っくんと亮平《りょうへい》くんが、わかりやすく落《お》ちこむ。

しばらくすると、ずっと床《ゆか》で腹《はら》ばいになっていたタイムの耳《みみ》が立《た》った。

「みんなー、ちょっと、いらっしゃーい！」

麻美《あさみ》さんの声《こえ》だ。

食堂《しょくどう》のほうから聞《き》こえてくる。

「行《い》こう。」

わたしがいうと、すぐにタイムが、つづいて拓《た》っくんと亮平《りょうへい》くんが歩《ある》きだした。

わたしたちがさっきまでいた食堂《しょくどう》には、生地《きじ》のままで染《そ》めていない麻《あさ》のワンピースを着《き》た麻美《あさみ》さんがすわっていて化粧《けしょう》をはじめようとしていた。

食堂《しょくどう》のテーブルの上《うえ》には、折《お》りたたみ式《しき》の鏡《かがみ》、ポーチから出《だ》した化粧道具《けしょうどうぐ》、ファンデーションなどの化粧品《けしょうひん》がずらーっと並《なら》べられていた。

麻美《あさみ》さんが手《て》に取《と》った化粧品《けしょうひん》を説明《せつめい》してくれる。

「これは、ファンデーション。地肌《じはだ》に塗《ぬ》るもの。粉《こな》のパウダータイプと液体《えきたい》のリキッドタイプがあるけど、これはリキッドタイプね。」

麻美《あさみ》さんは、ファンデーションを指《ゆび》にとって肌《はだ》に塗《ぬ》りはじめた。

白《しろ》い肌《はだ》がみるみる褐色《かっしょく》に変《か》わっていった。

「これは、アイシャドウ。黒《くろ》いのを持《も》ってきたわ。」

麻美《あさみ》さんは、目《め》のまわりに黒《くろ》いアイシャドウを入《い》れはじめた。

最後《さいご》にアイライナーで目尻《めじり》から斜《なな》め上向《うわむ》きにラインを引《ひ》いた。

「これは、キャットラインっていうの。」

これだけで、まるで古代《こだい》エジプトの女性《じょせい》っぽく見《み》えるようになるから不思議《ふしぎ》だった。

麻美《あさみ》の豆知識《まめちしき》

古代《こだい》エジプトのアイシャドウ

古代《こだい》エジプトのアイシャドウは「コール」と呼《よ》ばれていたの。はじめは化粧目的《けしょうもくてき》じゃなくて、魔除《まよ》けのため、強《つよ》い日差《ひざ》しから目《め》を守《まも》るため、虫除《むしよ》けのため、に用《もち》いられていたの。ちなみに「コール」の材料《ざいりょう》は、宝石《ほうせき》のマラカイト（孔雀石《くじゃくいし》）やラピスラズリを砕《くだ》いた粉《こな》で、青《あお》が混《ま》ざったような黒《くろ》だったの。

あさみさんのメイク教室《きょうしつ》
ポーチの中《なか》をちょこっと紹介《しょうかい》☆
パカッ
★アシスタント★
プチアサミさん
ファンデーション
顔全体《かおぜんたい》にぽんぽん！お肌《はだ》を明《あか》るくキレイに見《み》せるよ！
チーク
ぴんく色《いろ》の粉《こな》はほっぺにぽんぽん♪　ほら、かわいくなったでしょ？
アイシャドウ
まぶたの上《うえ》にぬるよ！
パレットみたいでわくわくするわね！目元《めもと》をパッと華《はな》やかにしてくれるよ！
くちべに
仕上《しあ》げはくちびる！お上品《じょうひん》でステキ♪
おうちに帰《かえ》ったら、しっかり顔《かお》を洗《あら》ってお肌《はだ》を休《やす》ませてあげてね♪

⑨アレクサンドリア侵入作戦《しんにゅうさくせん》

「さあ、行《い》くわよ。」

麻美《あさみ》さんは、わたしたちのほうを見《み》て、号令《ごうれい》をかけた。

わたしから見《み》ても、麻美《あさみ》さんはクレオパトラさんに負《ま》けず劣《おと》らず美《うつく》しかった。

もちろん、よく見《み》るとエジプト人《じん》ではなく、東洋人《とうようじん》なわけだけど。

セレーネさんも目《め》を見張《みは》っている。

「これならば、クレオパトラさまの身代《みが》わりになれますわ。」

拓《た》っくんも亮平《りょうへい》くんも、麻美《あさみ》さんの顔《かお》を見《み》て、あいもかわらず、ぽーっとしている。

セレーネさんが、手《て》をたたいた。

「アポロドロス！」

すると厨房《ちゅうぼう》のほうから、よく日《ひ》に焼《や》けた、ひとりの背《せ》の高《たか》いイケメンが登場《とうじょう》した。

ペルシウムの庶民《しょみん》と同《おな》じような格好《かっこう》だけど、首飾《くびかざ》りなど装飾品《そうしょくひん》を身《み》につけ、宮殿《きゅうでん》に仕《つか》える者《もの》らしくしている。両手《りょうて》には分厚《ぶあつ》い毛布《もうふ》を抱《かか》えている。

アポロドロスと呼《よ》ばれた男《おとこ》の人《ひと》は、セレーネさんにたいし、ぎこちなく一礼《いちれい》し、少《すこ》しさがってひかえた。

だれ？

セレーネさんが紹介《しょうかい》してくれる。

「クレオパトラさまの家庭教師兼護衛《かていきょうしけんごえい》のアポロドロスさん。わたくしといっしょに身《み》のまわりのお世話《せわ》もしてる。力仕事《ちからしごと》が必要《ひつよう》なときは、とくにね。クレオパトラさまがアレクサンドリアから追放《ついほう》されたとき、わたくしといっしょについてきたの。――アポロドロス、話《はなし》は聞《き》いていましたね？」

「もちろん。すでに毛布《もうふ》も用意《ようい》しております。」

アポロドロスさんが、丸《まる》めた毛布《もうふ》を肩《かた》にかついでいる。

「では、その毛布《もうふ》をアレクサンドリアまで運《はこ》んでください。アレクサンドリアに着《つ》いた

ら、こちらの女性《じょせい》……。」

セレーネさんが麻美《あさみ》さんのほうを見《み》る。

「……こちらの女性《じょせい》、麻美《あさみ》さんを毛布《もうふ》にくるんでもらいます。」

「承知《しょうち》しました。」

アポロドロスさんが大《おお》きくうなずく。

「え、どういうこと？」

ちょっと焦《あせ》った顔《かお》つきになっている麻美《あさみ》さんに、わたしは説明《せつめい》した。

麻美《あさみ》さんが小《ちい》さくうなずく。

「そういうことなら、わかったわ。」

セレーネさんが、足下《あしもと》にいるアビシニアンのルナのほうに手《て》を伸《の》ばしかける。

「だいじょうぶなんですか？」

「さっきは、急《きゅう》に抱《だ》こうとしたから、ついひっかいちゃったのよね。」

「ニャア〜。」

ルナが、セレーネさんの足《あし》に顔《かお》と体《からだ》をこすりつける。

ルナはルナで反省《はんせい》してるみたい。

それでもセレーネさんは、おそるおそるルナを抱《だ》き上《あ》げた。ルナはセレーネさんの顔《かお》を見上《みあ》げ、素直《すなお》に抱《だ》かれた。

つづいて麻美《あさみ》さん、足下《あしもと》にタイムを連《つ》れたわたし、拓《た》っくん、亮平《りょうへい》くん、そして丸《まる》めた毛布《もうふ》をかついだアポロドロスさんとつづく。

タイムが、わたしを見上《みあ》げて、不思議《ふしぎ》そうな顔《かお》。

「どうしたの？」

「クゥ〜ン。」

「緊張《きんちょう》するね。」

「クゥ〜ン。」

宮殿《きゅうでん》を出《で》たところには、足《あし》を折《お》りたたんだラクダが四頭《とう》ひかえていて、それぞれおじいさんが手綱《たづな》をにぎっていた。

おじいさんが四人《にん》、セレーネさんと麻美《あさみ》さんを見《み》て、目《め》を白黒《しろくろ》させる。


影武者《かげむしゃ》のセレーネさんと、クレオパトラさんに似《に》せた化粧《けしょう》をしている麻美《あさみ》さんの、どちらがクレオパトラさんかわからず、困《こま》っているかんじ。無理《むり》もない。いま、ふたりはそっくりなのだから。

さらに、わたしたちを見《み》て、ヘンな顔《かお》をしている。噴《ふ》き出《だ》しそうな顔《かお》っていうの？

セレーネさんは、怪我《けが》をしている左頬《ひだりほお》を隠《かく》しながら、いった。

「港《みなと》までお願《ねが》いしますわね。」

「か、かしこまりました。」

なかのひとりが、あわてて返事《へんじ》をした。その人《ひと》も、ほかの三人《にん》も、小首《こくび》をかしげている。それだけぱっと見《み》は、どちらがクレオパトラさんかわからないのだ。

「かわいい！」

わたしは、ラクダに近《ちか》づいて、その顔《かお》に触《さわ》ろうとした。

「ダメ！」

セレーネさんに叱《しか》られた。

「ラクダは相手《あいて》が気《き》にくわないと、くっさい唾《つば》を飛《と》ばして威嚇《いかく》するの。」

「わっ、は、はい。」

まず一頭目《とうめ》のラクダのこぶのあいだにルナを抱《だ》いたセレーネさんだけ。

二頭目《とうめ》には麻美《あさみ》さん。

三頭目《とうめ》には、わたしたち三人《にん》がぎゅうぎゅうづめで乗《の》った。

そして四頭目《とうめ》のラクダには、毛布《もうふ》をかついだアポロドロスさんが乗《の》りこんだ。

ごわごわしたラクダの背中《せなか》は獣《けもの》くさいかなと思《おも》ったけど、そうでもなかった。砂漠《さばく》の乾《かん》燥地帯《そうちたい》だからかな。

タイムを抱《だ》いたわたし、拓《た》っくん、亮平《りょうへい》くんの順《じゅん》。

うしろから声《こえ》が聞《き》こえてくる。

——「亮平《りょうへい》、もっとさがれよ。」

――「だって、うしろにこぶがあるんだよ。無理《むり》だよ。」

わたしも、ふたりにいった。

「前《まえ》にもこぶがあるから、これ以上《いじょう》、前《まえ》に行《い》けないんだからね。」

拓哉《たくや》の豆知識《まめちしき》

ラクダのこぶ

背中《せなか》のこぶがひとつのものがヒトコブラクダ、ふたつのものがフタコブラクダ。こぶのなかに入《はい》っているのは脂肪《しぼう》で、エネルギーの源《みなもと》とも、太陽《たいよう》の熱《ねつ》を体内《たいない》に入《い》れにくくしているともいわれているんだ。ちなみに、くさい唾液《だえき》を飛《と》ばすのは、同《おな》じラクダ科《か》のラマやアルパカも同《おな》じなんだ。

一頭目《とうめ》のラクダに乗《の》ったセレーネさんが号令《ごうれい》をかける。

「お願《ねが》い。」

四頭《とう》のラクダが、折《お》り曲《ま》げていた足《あし》を伸《の》ばして、立《た》ち上《あ》がった。

目《め》の高《たか》さが二階《かい》くらいまで一気《いっき》にあがり、視界《しかい》が開《ひら》けた。

四頭《とう》のラクダが、ゆっくり歩《ある》きだした。

四頭《とう》のラクダ隊《たい》は、北《きた》に向《む》かって進《すす》んだ。

狭《せま》いけど、ふだんは味《あじ》わえない景色《けしき》だった。二十一世紀《せいき》の観光地《かんこうち》エジプト、ううん、鳥《とっ》取砂丘《とりさきゅう》にもラクダはいて、乗《の》ることができるみたいだけど、紀元前《きげんぜん》のこの空気感《くうきかん》はぜったいに味《あじ》わえないと思《おも》う。

わたしの腕《うで》のなかにいるタイムも、こぶに前足《まえあし》をのせて、あたりをきょろきょろ。景色《けしき》を楽《たの》しんでるように見《み》える。

「タイム、視点《してん》が高《たか》いと気持《きも》ちいいね。」

「ワン！」

ラクダの背中《せなか》の毛《け》はごわごわしてて硬《かた》い。

しかも！　上下左右《じょうげさゆう》に激《はげ》しく揺《ゆ》れるから、手《て》と、両足《りょうあし》でしっかりつかまっていないと、振《ふ》り落《お》とされてしまいそうになる。

それに、ちょっと酔《よ》いそうになる。

しばらくすると、うしろにすわっている拓《た》っくんがさけんだ。

「海《うみ》だ！」

前方《ぜんぽう》に港町《みなとまち》が見《み》えてきた。

しばらくラクダ旅《たび》が楽《たの》しめると思《おも》っていたけど、すぐに着《つ》いてしまった。

少《すこ》しがんばれば歩《ある》ける距離《きょり》だけど、いくら影武者《かげむしゃ》とはいえ、クレオパトラさんが歩《ある》くわけにはいかなかったのだろう。

ラクダが足《あし》を折《お》り、わたしたちをおろす体勢《たいせい》に入《はい》った。

一頭目《とうめ》からルナを抱《だ》いたセレーネさん、二頭目《とうめ》から麻美《あさみ》さん、三頭目《とうめ》からわたしたち、そして四頭目《とうめ》から、毛布《もうふ》をかついだアポロドロスさんが降《お》りる。

港《みなと》の岸壁《がんぺき》を見《み》て、おどろいた。

学校《がっこう》の教室《きょうしつ》のタテの長《なが》さくらいありそうな大《おお》きな船《ふね》が横付《よこづ》けされていた。

前後《ぜんご》が細《ほそ》くすぼまっていて、くるりと巻《ま》かれたかたちをしている。

帆《ほ》を立《た》てる柱《はしら》もあり、真《ま》ん中《なか》あたりには屋根付《やねつ》きの船室《せんしつ》もあり、漕《こ》ぎ手《て》のおにいさんたちがたくさん乗《の》っている。

セレーネさんが、こっそり大《おお》きな船《ふね》をチャーターしていたのだろう。

ちゃぷちゃぷ。

船《ふね》に波《なみ》があたって、音《おと》を立《た》てている。

わたしは、目《め》の前《まえ》の船《ふね》を目《め》をこらして見《み》た。でも、船《ふね》の素材《そざい》が見《み》たこともないものだった。

「あの船《ふね》、なんで、できてるの？」

わたしがだれにともなくきくと、セレーネさんが教《おし》えてくれた。

「パピルスよ。」

拓哉《たくや》の豆知識《まめちしき》

パピルス

カミガヤツリという名《な》でもある植物《しょくぶつ》。この茎《くき》は紙《かみ》の原料《げんりょう》にもなるんだ。紙《かみ》を意味《いみ》する英《えい》語《ご》「paper《ペーパー》」の語源《ごげん》にもなっているんだ。

わたしは、セレーネさんにきいた。

「アレクサンドリアまで、ラクダで行《い》くわけにはいかないんですか？」

香里《かおり》クイズ

Q《キュー》. ナイル川《がわ》河口《かこう》に広《ひろ》がる地帯《ちたい》をなんという？

A《エー》　三角州《さんかくす》（デルタ）

B《ビー》　四角州《しかくす》（スクエア）

C《シー》　五角州《ごかくす》（ペンタグラム）

「ナイル川《がわ》の河口《かこう》には三角州《さんかくす》、デルタ湿地帯《しっちたい》が広《ひろ》がっているの。だから船《ふね》のほうが速《はや》いのよ。」

「な〜る。」

わたしがいうと、亮平《りょうへい》くんが顔《かお》を向《む》けてきた。

「それは、おれの専売特許《せんばいとっきょ》……。」

セレーネさんが先《さき》を急《いそ》ぐように、いった。

「さ、乗《の》るわよ。」

アビシニアンのルナ、セレーネさん、麻美さん、タイム、わたし、拓《た》っくん、亮平《りょうへい》くん、毛布《もうふ》をかついだアポロドロスさんの順《じゅん》で、パピルスでできた渡《わた》しを伝《つた》って船《ふね》に乗《の》りこんだ。

わたしたち三人《にん》が乗《の》るとき、船《ふね》を漕《こ》ぐおにいさんたちが目《め》を丸《まる》くした。子《こ》どもだけだから、かな。

船室《せんしつ》には、セレーネさん、ルナ、麻美《あさみ》さん、アポロドロスさん。

船室《せんしつ》っていっても、テーブルなどなく、向《む》き合《あ》ったら、膝《ひざ》がぶつかるような広《ひろ》さしかない。だから、わたしたち三人《にん》とタイムは、船室《せんしつ》の外《そと》に出《で》て、風《かぜ》にあたりながらすわることにした。

船《ふね》が揺《ゆ》れ、小《ちい》さな波《なみ》がぶつかる音《おと》が聞《き》こえてくる。

ちゃぷちゃぷ。

船尾《せんび》に立《た》った船頭《せんどう》さんらしきおじさんが大声《おおごえ》を出《だ》す。

「出航《しゅっこう》！」

わたしたちを乗《の》せた船《ふね》は、海岸線《かいがんせん》に沿《そ》って、進《すす》んでいった。

船首《せんしゅ》あたりに移動《いどう》していたわたしは、パピルス船《せん》の上《うえ》から前方《ぜんぽう》を指《ゆび》さした。

途中《とちゅう》、風《かぜ》が出《で》たら帆《ほ》を張《は》り、風《かぜ》がやんだらおにいさんたちが全力《ぜんりょく》で漕《こ》いだから、かなりのスピードでパピルス船《せん》は進行《しんこう》した。

あまり大《おお》きな船《ふね》じゃないから、はじめは軽《かる》く船酔《ふなよ》いしたけど、風《かぜ》にあたっているうちに治《なお》った。

日《ひ》が暮《く》れかかったころ、遠《とお》くに、高《たか》い塔《とう》のような建物《たてもの》が見《み》えはじめた。

四角《しかく》い台座《だいざ》の上《うえ》に、四角柱《かくちゅう》、さらに八角柱《かくちゅう》、その上《うえ》に円柱《えんちゅう》がそびえ、さらに、その上《うえ》の部分《ぶぶん》が赤《あか》く光《ひか》っている。

「あれ、なに？」

高《たか》さは、ぜんぶで百四十メートルくらいだろうか。二十一世紀《せいき》のわたしたちから見《み》たら、たいして高《たか》くないけど、古代《こだい》エジプトの人《ひと》からすると、とんでもなく高《たか》い建物《たてもの》ってことになるだろう。

船首《せんしゅ》へ移動《いどう》してきた拓《た》っくんが、亮平《りょうへい》くんにきく。

「なんだ、あれ！　亮平《りょうへい》、わかるか。」

「なんだっけ？　テレビ番組《ばんぐみ》で観《み》た気《き》がするんだけど、忘《わす》れた。」

すると船頭《せんどう》のおじさんが教《おし》えてくれた。

「ファロス島《とう》の灯台《とうだい》だ。」

灯台《とうだい》なんだ。

おじさんが自慢《じまん》げにいう。

「先《さき》のほうに鏡《かがみ》が置《お》かれていてな、昼間《ひるま》は太陽《たいよう》の光《ひかり》、夜《よる》はたき火《び》で照《て》らしておる。」

あれは、たき火《び》の明《あ》かりなんだ。

亮平《りょうへい》くんが小声《こごえ》でいう。

「テレビ番組《ばんぐみ》を観《み》て知《し》ったんだけど、あれ、世界七不思議《せかいななふしぎ》のひとつだよ。」

亮平《りょうへい》の豆知識《まめちしき》

世界七不思議《せかいななふしぎ》

古代《こだい》ギリシャの数学者《すうがくしゃ》・旅行家《りょこうか》フィロンが選《えら》んだ、偉大《いだい》な巨大建造物《きょだいけんぞうぶつ》のこと。ギリシャ人《じん》が選《えら》んだので、ほとんどが地中海沿岸《ちちゅうかいえんがん》にあるんだ。国《くに》ごとに並《なら》べてみるね。

①ギザのピラミッド（エジプト）
②アレクサンドリアの灯台《とうだい》（ファロス島《とう》の灯台《とうだい》）（エジプト）
③オリンピアのゼウス像《ぞう》（ギリシャ）
④ロードスの巨像《きょぞう》（ギリシャ）
⑤エフェソスのアルテミス神殿《しんでん》（トルコ）
⑥ハリカルナッソスのマウソロスの墓《はか》（トルコ）
⑦バビロンの空中庭園《くうちゅうていえん》（イラク）

わたしは、船頭《せんどう》のおじさんにたずねた。

「ここは、どこなんですか？」

「アレクサンドリアだ。」

「アレクサンドリア！　着《つ》いたんですね？」

「そうだ。」

おじさんがうなずく。

「やった！」

「着《つ》いた！」

拓《た》っくんと亮平《りょうへい》くんも声《こえ》をあげる。

船《ふね》の上《うえ》で立《た》ち上《あ》がった拓《た》っくんが背《せ》を伸《の》ばす。

「じゃあ、ピラミッド、見《み》えるかな。」

すると、おじさんが教《おし》えてくれた。

「ギザのピラミッドのことか？」

「そうです、そうです。」

「見《み》えねえよ。」

「え〜。」

拓哉《たくや》の豆知識《まめちしき》

ギザとアレクサンドリア

有名《ゆうめい》なクフ王《おう》のピラミッドがあるギザと、地中海沿岸《ちちゅうかいえんがん》の都市《とし》アレクサンドリアの距離《きょり》は世界地図《せかいちず》では近《ちか》く見《み》えるけど、じっさいは百七十五キロくらいあるんだ。ちなみにギザと、近《ちか》くの都市《とし》カイロの距離《きょり》は四キロ。四キロならピラミッドが見《み》えるね。

「さあ、着《つ》くぞ！　みなの者《もの》！　接岸《せつがん》だ！　気《き》をつけろ！」

漕《こ》ぎ手《て》のおにいさんたちが、かけ声《ごえ》をあげる。

岸壁《がんぺき》に着《つ》いた。

パピルスでできた渡《わた》し伝《づた》いに上陸《じょうりく》した。

船《ふね》から降《お》りるとき、セレーネさんが船頭《せんどう》のおじさんに小《ちい》さな麻袋《あさぶくろ》を渡《わた》した。きっとお金《かね》が入《はい》っているのだろう。

岸《きし》に立《た》ったわたしは、このアレクサンドリアが、ペルシウムよりも空気《くうき》がざらざらしている気《き》がした。

最後《さいご》に上陸《じょうりく》したセレーネさんが、アポロドロスさんに声《こえ》をかける。

「準備《じゅんび》をしてください。」

うなずいたアポロドロスさんが、地面《じめん》に毛布《もうふ》を広《ひろ》げた。

セレーネさんがいう。

「麻美《あさみ》さん、この毛布《もうふ》の端《はし》に横《よこ》になってください。」

「なんか、ドキドキするわね。」

わたしは麻美《あさみ》さんにいった。

「もう麻美《あさみ》さんはクレオパトラさんなんですから。クレオパトラさんとして、カエサルさんの前《まえ》に登場《とうじょう》するのですから。」

わたしたちは、麻美《あさみ》さんが化粧《けしょう》をしているあいだも、船《ふね》に乗《の》ってからも、これまでの出《で》来事《きごと》を話《はな》して聞《き》かせていたのだ。

「そうだったわね。わたしはクレオパトラ、わたしはクレオパトラ。」

「では、包《つつ》みます。」

アポロドロスさんがそういい、端《はし》から毛布《もうふ》を転《ころ》がしながら、麻美《あさみ》さんの身体《からだ》をくるみはじめた。

そしてセレーネさんが、わたしたちに向《む》かっていう。

「わたくしも、あなたたちも、クレオパトラさまのお付《つ》き。」

「はい。」

わたしたちは声《こえ》をそろえていった。

アポロドロスさんが、麻美《あさみ》さん入《い》りの毛布《もうふ》を一気《いっき》に抱《かか》えあげると、右肩《みぎかた》に乱暴《らんぼう》にのせた。

「きゃっ！」

麻美《あさみ》さんの悲鳴《ひめい》が聞《き》こえる。

拓《た》っくんが、アポロドロスさんに詰《つ》め寄《よ》っていく。

「贈《おく》り物《もの》っていっても人《ひと》なんだから、乱暴《らんぼう》にあつかうなよ！」

アポロドロスさんが拓《た》っくんを無視《むし》して、麻美《あさみ》さんに注意《ちゅうい》する。

「荷物《にもつ》なのですから、だまっていてください。」

――「は、はい。」

アポロドロスさんに叱《しか》られて、毛布《もうふ》のなかの麻美《あさみ》さんが返事《へんじ》をする。

拓《た》っくんが、アポロドロスさんをにらみあげる。

「気《き》をつけろよな。麻美《あさみ》さんは、おれたちにとって大事《だいじ》な人《ひと》なんだから。」

亮平《りょうへい》くんが、毛布《もうふ》のなかにいる麻美《あさみ》さんに、そっと声《こえ》をかけた。

「麻美《あさみ》さん、だいじょうぶですか？」

少《すこ》し経《た》ってから、麻美《あさみ》さんが小声《こごえ》で返事《へんじ》をしてきた。

またアポロドロスさんに「だまっていろ。」と叱《しか》られるかもしれないと思《おも》っているからにちがいなかった。

――「だいじょうぶじゃないわよ。でも心配《しんぱい》してくれて、ありがと。」

アポロドロスさんが、かついでいる毛布《もうふ》のほうにちらりと目《め》をやったけど、だまっていた。こんどは大目《おおめ》に見《み》てくれたらしい。

わたしは、セレーネさんにきいた。

「これからどうするんですか？」

「アレクサンドリアの宮殿《きゅうでん》に入《はい》るわ。」

「どうやってですか？」

「まあ、見《み》てて。」

セレーネさんは、港《みなと》にたむろしているラクダの手綱《たづな》を引《ひ》いたおじいさんたちを捕《つか》まえると、こんどは三頭確保《とうかくほ》してきた。

「これに乗《の》って。」

わたしたちは、ラクダの手綱《たづな》を引《ひ》いているおじいさんたちにも、ヘンな顔《かお》をされた。

一頭目《とうめ》にはルナを抱《だ》いたセレーネさん。

二頭目《とうめ》にはタイムを抱《だ》いたわたし、拓《た》っくん、亮平《りょうへい》くん。

三頭目《とうめ》には、麻美《あさみ》さん入《い》りの毛布《もうふ》を膝《ひざ》の上《うえ》に置《お》いたアポロドロスさん。

一頭目《とうめ》のラクダに乗《の》ったセレーネさんが、振《ふ》り向《む》き、凛々《りり》しい目《め》でいう。

「さあ、宮殿《きゅうでん》に乗《の》りこむわよ。」

⑩ 麻美《あさみ》パトラ参上《さんじょう》！

三頭《とう》のラクダは、夜《よる》のアレクサンドリアの街《まち》なかをゆっくりと歩《ある》いて、宮殿《きゅうでん》をめざした。

「止《と》まって。」

一頭目《とうめ》のラクダに乗《の》ったセレーネさんが、手綱《たづな》を引《ひ》くおじいさんたちに声《こえ》をかける。

遠《とお》くに宮殿《きゅうでん》が見《み》えてきたのだ。ペルシウムの宮殿《きゅうでん》は大《おお》きな家《いえ》ってかんじだったけど、こちらは、はっきり宮殿《きゅうでん》ってかんじがするほど大《おお》きかった。

石造《いしづく》りの白《しろ》い宮殿《きゅうでん》の周囲《しゅうい》には篝火《かがりび》がたかれているため、白壁《しらかべ》が赤《あか》く染《そ》まって見《み》える。

セレーネさんは、うしろの二頭目《とうめ》に乗《の》っているわたし、三頭目《とうめ》に乗《の》っているアポロドロスさんたちに声《こえ》をかけてきた。

「みんな、ぬかりなく。」

「はい！」

わたし、拓《た》っくん、亮平《りょうへい》くんが返事《へんじ》をすると、セレーネさんに叱《しか》られた。

「しっ。」

「はーい。」

三頭《とう》のラクダが宮殿《きゅうでん》に近《ちか》づいていく。

左右《さゆう》に石柱《せきちゅう》が立《た》った宮殿《きゅうでん》の門《もん》の前《まえ》に、兵《へい》たちが、ずらりと立《た》ちふさがっている。

セレーネさんが小声《こごえ》でいう。

「プトレマイオスの兵《へい》よ。」

「だったら、わたしたちを入《い》れてくれないんじゃないですか？」

わたしがいうと、セレーネさんがうなずく。

「見《み》ていてちょうだい。——おろして。」

ラクダが足《あし》を折《お》って、かがんだ。

ラクダの背中《せなか》から降《お》りたセレーネさんが、門《もん》を固《かた》める兵《へい》たちのほうにつかつかと歩《ある》いていく。

「わたくしは、クレオパトラさまのお世話《せわ》をしている者《もの》。ローマのカエサルさまにお目通《めどお》りをお願《ねが》いします。」

「ならん、ならん。ここはプトレマイオス十三世《せい》の宮殿《きゅうでん》。クレオパトラ七世《せい》は追放《ついほう》されたはず。——だいいち、なぜクレオパトラ七世《せい》は使《つか》いをよこす。クレオパトラ七世《せい》はどうしたのだ！」

「なぜクレオパトラさまがいないかは、プトレマイオス十三世《せい》がいちばんよくご存《ぞん》じのはず！」

「なっ。」

プトレマイオスの兵《へい》が一瞬《いっしゅん》、いいよどんだ。

プトレマイオスの部下《ぶか》が、クレオパトラさんを連《つ》れ去《さ》ったのは、まちがいないようだ。

いきなりセレーネさんは大声《おおごえ》をあげた。

「カエサルさま！　クレオパトラさまの使《つか》いの者《もの》でございます！　どうか！　お目通《めどお》りを！」

わたしたちの耳《みみ》には日本語《にほんご》に通訳《つうやく》されたものが入《はい》ってきたけど、たぶんエジプト語《ご》ではない。カエサルさんに通《つう》じるローマの言葉《ことば》なのだろう。

香里《かおり》の豆知識《まめちしき》

古代《こだい》ローマの言葉《ことば》

古代《こだい》ローマでは、いまイタリアがあるあたりから西《にし》がラテン語《ご》、東《ひがし》がギリシャ語《ご》が使《つか》われていたらしいの。

「ええい、うるさい！」

プトレマイオスの兵《へい》が腰《こし》の剣《けん》を抜《ぬ》いて、セレーネさんに切《き》っ先《さき》を向《む》けた。

「セレーネさん！」

いち早《はや》く拓《た》っくんが動《うご》いた。

セレーネさんの前《まえ》に立《た》ちふさがる。

さすが、拓《た》っくん。

すぐに亮平《りょうへい》くんも、わたしも、拓《た》っくんの左右《さゆう》に立《た》った。わたしたち三人《にん》の前《まえ》には、タイムが立《た》ちふさがる。

「ウウウ。」

「気持《きも》ち悪《わる》い子《こ》どもたちめ！　斬《き》ってしまうぞ！」

兵《へい》が声《こえ》を発《はっ》したときだった。

——「通《とお》せ！　カエサルさまが『通《とお》せ。』とおおせだ！」

宮殿《きゅうでん》の奥《おく》から声《こえ》が聞《き》こえてきた。

剣《けん》を構《かま》えていた兵《へい》の目《め》が泳《およ》ぐ。

「うぬ。」

すぐさまセレーネさんがさけぶ。

「おどきなさい！」

迫力《はくりょく》があった。

クレオパトラさんの前《まえ》で、おとなしくしていたセレーネさんとは別人《べつじん》のようだった。

迫力《はくりょく》に負《ま》けて、プトレマイオスの兵《へい》が道《みち》を空《あ》けた。

門《もん》から入《はい》ると、こんどはローマの兵《へい》がずらりと並《なら》んでいた。プトレマイオスの兵《へい》にくらべて、いかにも精悍《せいかん》で強《つよ》そうだった。身《み》につけている装備《そうび》もどこか垢抜《あかぬ》けているかんじがした。

セレーネさんがいう。

「カエサルさまの兵《へい》の方《かた》たちですね。」

中央《ちゅうおう》にいる、このなかでいちばんえらそうな兵《へい》が口《くち》を開《ひら》く。

「いかにも。で、カエサルさまになんの用《よう》だ。」

「クレオパトラ七世《せい》より、自分《じぶん》が到着《とうちゃく》する前《まえ》に、カエサルさまに贈《おく》り物《もの》をお届《とど》けするよう、いいつかってまいりました。」

「それが贈《おく》り物《もの》か。」

兵《へい》が、アポロドロスさんが肩《かた》にかついでいる毛布《もうふ》を見上《みあ》げる。

セレーネさんが答《こた》える。

「さようでございます。」

「カエサルさまは、おまえたちがもしクレオパトラ七世《せい》の使《つか》いでなければ、即刻《そっこく》に斬《き》るぞ。」

「わかっております。」

「通《とお》れ。」

ルナを抱《だ》いたセレーネさん、麻美《あさみ》さん入《い》り毛布《もうふ》をかついだアポロドロスさん、そして、タイムを抱《だ》いたわたし、拓《た》っくん、亮平《りょうへい》くんの順《じゅん》に、道《みち》を空《あ》けてくれた兵《へい》たちの前《まえ》を通《とお》っていく。

わたしたち三人《にん》を見《み》た兵《へい》たちのあいだから失笑《しっしょう》にも似《に》た笑《わら》いが起《お》きる。

じっと見《み》られていると、だんだん恥《は》ずかしくなってくる。

宮殿《きゅうでん》のなかに入《はい》ったセレーネさんは、どんどん歩《ある》いていく。アポロドロスさんも迷《まよ》いがない。

あ、そうか。

もともとクレオパトラさんは、ここにいたのだから、お世話《せわ》をしているセレーネさんも、家庭教師《かていきょうし》のアポロドロスさんも、宮殿内部《きゅうでんないぶ》をよく知《し》っているはずだ。

わたしたちがきょろきょろしていると、セレーネさんが肩越《かたご》しに振《ふ》り向《む》いて、きいてきた。

「なにか心配《しんぱい》？」

「カエサルさんは、宮殿《きゅうでん》のなかの、どこにいるんですか？」

「一階《かい》の広間《ひろま》よ。どこの部屋《へや》からも行《い》きやすい中央《ちゅうおう》にあるから、きっとそこにいる。」

わたしたちは廊下《ろうか》を歩《ある》きながら、あたりを見《み》まわした。

廊下《ろうか》の壁《かべ》や柱《はしら》には、象形文字《しょうけいもじ》のヒエログリフが彫《ほ》られている。

いくつか廊下《ろうか》を折《お》れ曲《ま》がった先《さき》に、また兵《へい》が立《た》っていた。

広間《ひろま》の手前《てまえ》にドアはない。

入《い》り口《ぐち》の左右《さゆう》に兵《へい》が立《た》っているから、奥《おく》は見《み》える。

柱《はしら》、壁《かべ》にはスフィンクスをかたどったレリーフ。

宮殿《きゅうでん》の広間《ひろま》のなかは、ペルシウムの宮殿《きゅうでん》にくらべると、あきらかに豪華《ごうか》で、調度品《ちょうどひん》の多《おお》くは、金色《きんいろ》に輝《かがや》いていた。

中央奥《ちゅうおうおく》の椅子《いす》にカエサルさんとおぼしき、五十歳《さい》くらいのダンディなおじさんがすわっている。

生地《きじ》のままで染《そ》めていない麻《あさ》のワンピースみたいな服《ふく》の上《うえ》から、真《ま》っ赤《か》な鎧《よろい》をつけ、さらに真《ま》っ赤《か》なマントを肩《かた》に掛《か》けている。はいている靴《くつ》も立派《りっぱ》だ。

ひとりの兵《へい》が、セレーネさんにたずねる。

「クレオパトラ七世《せい》の使《つか》いか。」

「はい。」

「贈《おく》り物《もの》を持《も》った者《もの》だけ入《はい》れ。」

「わかりました。――アポロドロス、お願《ねが》いね。」

アポロドロスさんはうなずくと、麻美《あさみ》さん入《い》りの毛布《もうふ》をかついだまま、広間《ひろま》のなかに入《はい》っていった。

わたしたちは、兵《へい》の身体《からだ》の陰《かげ》から、広間《ひろま》のなかをのぞいていた。

遠《とお》くから声《こえ》が聞《き》こえてくる。

――「それがクレオパトラ七世《せい》からの贈《おく》り物《もの》か。」

——「さようでございます。」

たしかアポロドロスさんは、クレオパトラさんの家庭教師兼護衛《かていきょうしけんごえい》だといっていた。だからローマの言葉《ことば》も話《はな》すことができるのね。

——「毛布《もうふ》か。」

——「いえ。中身《なかみ》が贈《おく》り物《もの》でございます。」

アポロドロスさんは毛布《もうふ》を床《ゆか》におろすと、カエサルさんにいった。

——「どうぞ、ご自分《じぶん》でお開《あ》けください。毛布《もうふ》の端《はし》を持《も》って、くるくると。」

——「そうか、そうか。なにが入《はい》っているのかな。」

カエサルさんは、しゃがんで、毛布《もうふ》の端《はし》を両手《りょうて》でつかむと引《ひ》っぱり上《あ》げた。

すると巻《ま》かれていた毛布《もうふ》が転《ころ》がり、広《ひろ》がりはじめた。

ころころ、と。

広《ひろ》がった毛布《もうふ》の上《うえ》には、仰向《あおむ》けになったまま、しばらく動《うご》けないでいる、麻美《あさみ》さん、いや、麻美《あさみ》パトラが姿《すがた》をあらわした。

——「おおっ!」

麻美《あさみ》パトラが動《うご》けないのは、さもありなん。だってペルシウムの宮殿《きゅうでん》から、ずっと毛布《もうふ》に入《はい》りっぱなしだったのだから。

麻美《あさみ》パトラが立《た》ち上《あ》がるなり、ふらふらとよろめいた。

カエサルさんがあわてて駆《か》け寄《よ》り、麻美《あさみ》パトラを支《ささ》える。

──「だいじょうぶか？」

──「はい。わたくしがクレオパトラですわ。」

──「えっ!?　クレオパトラ七世《せい》の使《つか》いではないのか。だが、なにゆえ毛布《もうふ》などにくるまっておるのだ。」

──「わたしはペルシウムに追放《ついほう》されておりました。そのわたくしがアレクサンドリアの宮殿《きゅうでん》に姿《すがた》をあらわしますと、対立《たいりつ》している弟《おとうと》プトレマイオスの兵《へい》たちが入《い》れてくれるはずがございません。」

──「だから、かようなマネを。」

──「失礼《しつれい》をお許《ゆる》しくださいませ。」

麻美《あさみ》パトラは、クレオパトラさんになりきっている。

カエサルさんが、麻美《あさみ》パトラの顔《かお》をじっと見《み》てから、小声《こごえ》でいった。

——「美《うつく》しい。」

そりゃまあ、麻美《あさみ》さんは美人《びじん》なわけで。

でも……。

「あれ？」

ファンデーションで肌《はだ》の色《いろ》を濃《こ》くしてる、は、ず、な、の、に……麻美《あさみ》パトラの顔《かお》は、色白《いろじろ》！

「なんで？」

わたしが小声《こごえ》でいうと、拓《た》っくんと亮平《りょうへい》くんも首《くび》をかしげている。

セレーネさんが、あることに気《き》づいた。

「あの化粧《けしょう》が落《お》ちたんだわ。毛布《もうふ》についてしまったのね。」

えっ！　まずい！　麻美《あさみ》さんが化粧《けしょう》をして、肌《はだ》の色《いろ》を濃《こ》くしていることがばれちゃう！

アポロドロスさんが、麻美《あさみ》パトラの顔《かお》を指《ゆび》さしていう。

——「顔《かお》が、白《しろ》い。」

――「えっ。」
自分《じぶん》の頬《ほお》のあたりに触《ふ》れた麻美《あさみ》パトラ、両手《りょうて》で顔《かお》を覆《おお》うなり、さけんだ。
――「きゃ！　ダメ、ダメです！」
さけぶなり、麻美《あさみ》パトラはアポロドロスさんに声《こえ》をかけた。
――「退散《たいさん》！」
麻美《あさみ》パトラが走《はし》って、わたしたちのほうへ駆《か》けもどってくる。
アポロドロスさんも、毛布《もうふ》をつかんで、駆《か》けもどってくる。
広間《ひろま》にひとり残《のこ》されたカエサルさんは、目《め》が点《てん》。
そりゃそうだろう。
でも化粧《けしょう》がとれてしまったのは、麻美《あさみ》さんも予想外《よそうがい》だったにちがいない。
駆《か》けもどってきた麻美《あさみ》さんは、すぐにアポロドロスさんにいった。
「毛布《もうふ》を広《ひろ》げて。それで……。」
麻美《あさみ》さん、わたしに小声《こごえ》でいう。
「香里《かおり》ちゃん、入《はい》って！」

「えっ。」

「褐色肌《かっしょくはだ》にお化粧《けしょう》してるでしょ。カツラもかぶってるでしょ。」

「だって、これは、おもしろがって、遊《あそ》びで……。」

じつは、ペルシウムの宮殿《きゅうでん》を出《で》るときから、わたしは、麻美《あさみ》さんに化粧《けしょう》をしてもらって、クレオパトラさんに化《ば》けているのだ。

わたしは、香里《かおり》パトラ。

「わたしはファンデーションがはがれちゃったけど、あなたはだいじょうぶ。——ほらっ。」

んもう！

わたしは、タイムを床《ゆか》におろした。腰《こし》を折《お》って、毛布《もうふ》の上《うえ》に仰向《あおむ》けになる。

「香里《かおり》ちゃん……。」

「……がんばって。」

拓《た》っくんと亮平《りょうへい》くんが応援《おうえん》してくれる。

アポロドロスさんが毛布《もうふ》を巻《ま》きはじめた。

最後《さいご》に麻美《あさみ》さんの声《こえ》が聞《き》こえてきた。

――「顔《かお》を、毛布《もうふ》からできるだけ離《はな》してて。」

わたしは、真《ま》っ暗《くら》ななか、顔《かお》が毛布《もうふ》につかないように気《き》をつけていた。

身体《からだ》が、ごろごろ転《ころ》がる。

気《き》持《も》ち悪《わる》かった。

体育《たいいく》のときのマット運動《うんどう》でも、こんなに気《き》持《も》ち悪《わる》くなることはなかった。

ぐるぐるが落《お》ち着《つ》いたと思《おも》ったら、おなかか腰《こし》のあたりに圧力《あつりょく》がかかり、持《も》ち上《あ》げられる感触《かんしょく》があった。

ああ、麻美《あさみ》さん、こんな気分《きぶん》を味《あじ》わったんだ。

次《つぎ》の瞬間《しゅんかん》、おなかに圧力《あつりょく》がかかった。

ぐえっ。

アポロドロスさんが肩《かた》にかついだのだ。

平行移動《へいこういどう》していく。

カエサルさんがいる広間《ひろま》に入《はい》っていっている。

暑《あつ》い。

止《と》まったと思《おも》ったら、天地《てんち》がひっくり返《かえ》るかんじがして、床《ゆか》におろされた。

ふぅ。

――「贈《おく》り物《もの》でございます。」

アポロドロスさんの声《こえ》が聞《き》こえたかと思《おも》うと、身体《からだ》がぐるぐるまわりはじめた。カエサルさんが毛布《もうふ》を引《ひ》っぱっているのだ。

転《ころ》がるのが落《お》ち着《つ》いたと思《おも》ったら、身体《からだ》が仰向《あおむ》けになっていた。

天井《てんじょう》が見《み》え、すぐにカエサルさんの顔《かお》が横《よこ》から出《で》てきた。

わたしは、ふらふらしながらも、一生懸命《いっしょうけんめい》に立《た》ち上《あ》がって、カエサルさんにいった。

「わたしがクレオパトラよ。」

「おお！　美《うつく》しい！」

カエサルさんが、わたしの頭《あたま》の先《さき》から爪先《つまさき》まで、じーっと見《み》て、もういちどいう。

「美《うつく》しい！」

そして、またひと言《こと》。

「クレオパトラは、たしか二十歳《はたち》くらいと聞《き》いていたが、こんなに幼《おさな》いわけがなかろう！」

「失礼《しつれい》！」

「ごめんなさい！」

アポロドロスさんとわたしは、同時《どうじ》にあやまって、そそくさと退散《たいさん》した。

入《い》り口《ぐち》にもどったところで、麻美《あさみ》さんが、またいった。

「アポロドロスさん、毛布《もうふ》を広《ひろ》げて。——次《つぎ》！　拓《た》っくん、入《はい》って！」

じつはペルシウムの宮殿《きゅうでん》を出《で》るときから、わたしだけじゃなく、拓《た》っくんも麻美《あさみ》さんに化粧《けしょう》をしてもらっていて、クレオパ

トラさんに化《ば》けているのだ。

つまり拓哉《たくや》パトラ。

「え〜。」

文句《もんく》をいいながらも、周囲《しゅうい》の圧力《あつりょく》に負《ま》けて、拓《た》っくんが毛布《もうふ》の上《うえ》に横《よこ》たわる。

アポロドロスさんにぐるぐる巻《ま》きにされて、肩《かた》にかつがれていく。

声《こえ》が聞《き》こえてくる。

――「わたしがクレオパトラよ。」

拓《た》っくん、顔立《かおだ》ちが整《ととの》っているものだから、これがけっこう美《うつく》しいのだ。ただ声《こえ》は男《おとこ》の子《こ》のまま。

――「おお！　なんと美《うつく》しい！」

カエサルさんが、拓《た》っくんの顔《かお》をじっと見《み》て、にっこり笑《わら》う。

――「稚児《ちご》にならんか。」

ああ、ダメだ。ばれてる。

――「えっ、や、やだよ。た、退散《たいさん》！」

拓《た》っくんとアポロドロスさんが駆《か》けもどってくる。

全員《ぜんいん》の目《め》が亮平《りょうへい》くんに向《む》けられる。

もう、わかるよね。

亮平《りょうへい》くんも麻美《あさみ》さんに化粧《けしょう》をしてもらっていて、クレオパトラさんに化《ば》けている。つまり亮平《りょうへい》パトラ。

だから、ペルシウムの宮殿《きゅうでん》を出《で》てラクダに乗《の》るときも、船《ふね》に乗《の》るときも、アレクサンドリアに着《つ》いてラクダに乗《の》るときも、プトレマイオスの兵《へい》たちにも、わたしたち三人《にん》はヘンな顔《かお》で見《み》られていたわけ。

亮平《りょうへい》くんが口《くち》をとがらす。

「完全《かんぜん》にオチじゃん！　百パーセント、クレオパトラさんに見《み》えないよ。」

すると拓《た》っくんがいう。

「おれも行《い》ったんだ。おまえも行《い》け。」

そしてにっこり笑《わら》うと、亮平《りょうへい》くんの背中《せなか》を押《お》した。

「ええ〜。」

亮平《りょうへい》くんが毛布《もうふ》の上《うえ》に横《よこ》たわり、アポロドロスさんにぐるぐる巻《ま》きにされて、かつがれた。

アポロドロスさん、少《すこ》しよろめく。

だって亮平《りょうへい》くんは小学校《しょうがっこう》のときに、高校《こうこう》の相撲部《すもうぶ》からスカウトされるくらいだったから、重《おも》いのだ。

アポロドロスさんが、えっちらおっちら運《はこ》んでいく。

声《こえ》が聞《き》こえてくる。

――「わたしがクレオパトラよ。」

亮平《りょうへい》くん、声《こえ》を裏返《うらがえ》らせて、女《おんな》の子《こ》らしく振《ふ》る舞《ま》う。

――「おお！　なんと美《うつく》しい！　というわけなかろう！　わははは！　な、なんじゃ、これは！」

カエサルさんが爆笑《ばくしょう》した。

と思《おも》うと、次《つぎ》の瞬間《しゅんかん》、怒《おこ》りはじめた。

――「クレオパトラ！　これは、なんの座興《ざきょう》だ！　どれが、ほんとうのクレオパトラか

見破《みやぶ》れと、わたしを試《ため》す気《き》か！　どこかに隠《かく》れておるのであろう！」

そのとき――。

わたしたちの背後《はいご》から、兵《へい》が走《はし》ってきて、広間《ひろま》に駆《か》けこんだ。

「なにごとだ！」

カエサルさんが怒《おこ》った調子《ちょうし》のまま、問《と》いただす。

兵《へい》が、あわてたかんじで報告《ほうこく》する。

「く、クレオパトラの死体《したい》が発見《はっけん》されました！」

えっ!?

⑪ 人《ひと》は見《み》た目《め》じゃない!?

――「なんだって！」

カエサルさんが大声《おおごえ》を出《だ》した。

おどろいているのは、もちろん、カエサルさんだけじゃない。

いちばんおどろいたのは、セレーネさんだ。

「クレオパトラさまが!?」

なにしろ、セレーネさんはクレオパトラさんの影武者《かげむしゃ》なのだから、おどろくのは無理《むり》もない。

広間《ひろま》から声《こえ》が聞《き》こえてきた。

――「そこにいる者《もの》たち、入《はい》れ！」

セレーネさん、ルナ、麻美《あさみ》さん、拓《た》っくん、タイム、わたしの順《じゅん》で入《はい》った。

セレーネさんは、顔《かお》をうつむけているだけでなく、左手《ひだりて》で左頬《ひだりほお》を押《お》さえて隠《かく》している。

なかで気《き》まずそうにしているアポロドロスさんと亮平《りょうへい》くんが、わたしたちのほうにまわってくる。

立《た》ち上《あ》がったままのカエサルさんが声《こえ》をかけてくる。

「説明《せつめい》してもらおう。」

みんな、押《お》しだまる。

「なにゆえ、このようなマネをした！　なぜ、ニセモノのクレオパトラ七世《せい》ばかりが毛布《もうふ》に包《つつ》まれていたのだ！」

「申《もう》し訳《わけ》ございません！」

セレーネさんが、左頬《ひだりほお》に手《て》をあてたまま答《こた》える。

「じつは、ペルシウム宮殿《きゅうでん》にいたときには、すでにクレオパトラさまが行方不明《ゆくえふめい》になっておりました。ですがカエサルさまに呼《よ》ばれているからには、アレクサンドリアにまいらないといけません。でないと……。」

「プトレマイオス十三世《せい》がエジプト王《おう》になってしまうから、か。」

「さようでございます。」

「クレオパトラが行方不明《ゆくえふめい》になったのは、なぜだ。」

「おそらくプトレマイオスに連《つ》れ去《さ》られたもの、と思《おも》われます。」

「クレオパトラ七世《せい》をアレクサンドリアに行《い》かせないため、わたしに会《あ》わせないため、というわけか。」

「おそらく。そこで、いたしかたなく、この者《もの》たちをクレオパトラさまに化《ば》けさせ、この宮殿《きゅうでん》に運《はこ》び入《い》れたのです。」

「なぜどうどうと入《はい》らぬ。」

「プトレマイオスの兵《へい》が入《い》れてくれぬと思《おも》ったからです。」

「だから、このような見《み》え透《す》いた策《さく》を。」

「申《もう》し訳《わけ》ございません。」

カエサルさんが、がっくりと肩《かた》を落《お》とし、そのまま椅子《いす》にすわった。

「おまえたちを追及《ついきゅう》したところで、クレオパトラ七世《せい》が生《い》き返《かえ》るわけではないな。ああ、しかし……。」

カエサルさん、しばらく口《くち》を開《ひら》かない。

わたしも思《おも》っていた。

クレオパトラさんが死《し》んでしまった!?

これって、歴史《れきし》が変《か》わっちゃったんじゃないの?

ひょっとして、わたしたちがタイムスリップしてきたから起《お》きてしまったことなんじゃないの?

だとしたら二十一世紀《せいき》の世界《せかい》も変《か》わってしまってるってことなの?

二十一世紀《せいき》からやってきているわたしたち三人《にん》と麻美《あさみ》さんに変化《へんか》はないから、クレオパトラさんの死《し》は日本《にっぽん》の歴史《れきし》に影響《えいきょう》を与《あた》えなかったってこと?

ううん、そんなことより、わたしたち、タイムパトロールに追《お》われることになる。もしかしたら、もう、そのへんにタイムパトロールがいて、わたしたちを捕《つか》まえようと手《て》ぐすね引《ひ》いて待《ま》っているかもしれない。

カエサルさんが口《くち》を開《ひら》いた。

「クレオパトラ七世《せい》が、もうこの世《よ》にいないのであれば、このエジプトにいる必要《ひつよう》はないな。」

「どういうことでございますか？」

セレーネさんがきく。

「表向《おもてむ》き、プトレマイオス十三世《せい》とクレオパトラ七世《せい》のふたりに声《こえ》をかけたが、わたしははじめからクレオパトラ七世《せい》をエジプト王《おう》にと考《かんが》えていた。」

「えっ、そうだったのですか。」

「うむ。わたしのライバルであるポンペイウスを殺《ころ》し、その首《くび》をわざわざ差《さ》し出《だ》して『われをエジプト王《おう》に。』などとアピールするやつはきらいだ。」

カエサルさんは、そこでいちど言葉《ことば》を切《き》った。

「やはり、わたしの思《おも》っていたとおりだ。姉《あね》クレオパトラを連《つ》れ去《さ》って殺《ころ》すとは！　許《ゆる》せぬ。」

カエサルさんが、セレーネさんを見《み》ながらいう。

「ところで、そなたの名《な》は。」

「セレーネと申《もう》します。」

「なにをしている者《もの》だ。」

「クレオパトラさまの影武者《かげむしゃ》でございます。」

「影武者《かげむしゃ》だと？　なにゆえだ。」

「クレオパトラさまが、プトレマイオスから命《いのち》をねらわれる可能性《かのうせい》があるからでございます。」

　カエサルさん、二、三度《ど》、まばたきをしてから、いった。

「ならば、はじめから、そなたが毛布《もうふ》に入《はい》っておればよかったのではないか？」

「はじめは、そのつもりでおりました。ですが……。」

「なんだ。」

　セレーネさんが、左頬《ひだりほお》に手《て》をあてたまま、恥《は》ずかしそうにうつむく。

「顔《かお》に怪我《けが》をしてしまい、このような顔《かお》をカエサルさまのお目《め》にかけては失礼《しつれい》かと。」

「面《おもて》をあげよ。」

「………。」

セレーネさんは、うつむいたまま。

するとカエサルさんは右手《みぎて》を伸《の》ばし、セレーネさんのあごをつまんで、くいっと顔《かお》をあげた。

セレーネさんは左頬《ひだりほお》を隠《かく》したまま、顔《かお》をうつむけようとするが、カエサルさんは、それを許《ゆる》さない。

「頬《ほお》にあてた手《て》をおろせ。」

「…………」

「おろせ。」

「……はい。」

セレーネさんが左手《ひだりて》をおろす。

カエサルさんが、セレーネさんの顔《かお》をしげしげと見《み》つめる。

「その左頬《ひだりほお》の傷《きず》か。」

「はい。」

「足下《あしもと》におる猫《ねこ》にひっかかれたのか。」

「は、はい。」

カエサルさんが小《ちい》さく笑《わら》う。

「これしきの傷《きず》。傷《きず》のうちに入《はい》らぬ。わたしなど、戦《いくさ》で傷《きず》だらけだぞ。」

「ですが、顔《かお》です。」

「は？」

カエサルさんが小首《こくび》をかしげてから、いう。

「たとえ、その傷《きず》が、一生治《いっしょうなお》らぬものであったとしても、その人物《じんぶつ》の評価《ひょうか》が下《さ》がるものではあるまい。」

「えっ。」

セレーネさんが、意外《いがい》そうな顔《かお》をする。

「どうした。」

「噂《うわさ》を聞《き》いておりましたもので。」

「噂《うわさ》？」

「ローマのカエサルさまは女性《じょせい》の美醜《びしゅう》にこだわっている、と。」

「それで？」

「黒髪《くろかみ》、色黒《いろぐろ》な女性《じょせい》が好《す》き、だと。」

カエサルさんの表情《ひょうじょう》が一瞬《いっしゅん》固《かた》まったかと思《おも》うと、次《つぎ》の瞬間《しゅんかん》、爆笑《ばくしょう》した。

「わははは。だれがそんなデマを！」

「えっ。」

セレーネさん、目《め》が点《てん》。

「わたしは美醜《びしゅう》にこだわる男《おとこ》ではない。人《ひと》は見《み》た目《め》じゃない。人《ひと》の価値《かち》は見《み》た目《め》で決《き》まるものではない。」

あっ。

セレーネさんの目《め》から、大粒《おおつぶ》の涙《なみだ》がこぼれ落《お》ちた。

そのとき、わたしは、あることに気《き》づいた。

もしかして！

カエサルさんも、セレーネさんのあごをつまんだまま、動《うご》かない。

セレーネさんの頬《ほお》、涙《なみだ》のあとが真《ま》っ白《しろ》なのだ。

麻美《あさみ》さんが、セレーネさんに駆《か》け寄《よ》り、胸元《むなもと》からハンカチを出《だ》した。

あんなところにハンカチ！

視線《しせん》を送《おく》っているわたしに気《き》づいたのか、麻美《あさみ》さんがいう。

「念《ねん》のために持《も》っていたんだけど、毛布《もうふ》にくるまれてしまったら、汗《あせ》も拭《ふ》けなくて。」

麻美《あさみ》さんが、セレーネさんと向《む》き合《あ》って、涙《なみだ》に濡《ぬ》れた頰《ほお》をハンカチで拭《ぬぐ》いはじめた。

えっ？　ええっ!?　ええーっ!!

それまで褐色《かっしょく》だったセレーネさんの顔《かお》が真《ま》っ白《しろ》になった。

と同時《どうじ》に、褐色《かっしょく》のときは、存在感《そんざいかん》を消《け》した清楚美人《せいそびじん》だったのが、すごいオーラをまとった色白《いろじろ》な美女《びじょ》になったのだ。

⑫「何《なん》か国語《こくご》も話《はな》せた」？

「なんと、美《うつく》しい。」

カエサルさんがつぶやく。

「でもっ！」

セレーネさんが顔《かお》を伏《ふ》せようとする。

それでもカエサルさんは、セレーネさんのあごから指《ゆび》を離《はな》そうとしない。

セレーネさんがつづける。

「やはり、この傷《きず》がっ。」

「傷《きず》など、どうでもよいと申《もう》したはず。」

「でもっ。」

「くどいぞ。」

「はい、申《もう》し訳《わけ》ございません。」

「いま、気《き》づいた。」

「なんでございましょう。」

「わたしはラテン語《ご》とギリシャ語《ご》を話《はな》すが、そなたがしゃべっているギリシャ語《ご》は完璧《かんぺき》だ。毛布《もうふ》をかついでいた男《おとこ》のギリシャ語《ご》も完璧《かんぺき》だった。セレーネ、そなたたちは、ギリシャ人《じん》であろう。」

「………………」

カエサルさんが言葉《ことば》を止《と》め、少《すこ》し考《かんが》えるそぶりをした。

セレーネさんの顔《かお》を正面《しょうめん》、右《みぎ》、左《ひだり》から、しげしげとながめる。

「待《ま》てよ。たしか、クレオパトラはギリシャ人《じん》だと聞《き》いたことがある。」

セレーネさんの視線《しせん》が左右《さゆう》に泳《およ》ぐ。

「もしや、そなた、クレオパトラか！」

沈黙《ちんもく》が流《なが》れた。

「さすが、カエサルさまでございます。」
「えっ。」と麻美《あさみ》さん。
「マジ。」と拓《た》っくん。
「ウソだろ。」と亮平《りょうへい》くん。
わたしは、セレーネさんが涙《なみだ》を流《なが》したあたりから、そうかな、と思《おも》いはじめていた。
いま思《おも》い返《かえ》せば——。

・ごはんを食《た》べているとき、セレーネさんはパンのエイシを折《お》り曲《ま》げることで、毛布《もうふ》にくるむアイデアを出《だ》してみせた。
・セレーネさんがルナに頬《ほお》をひっかかれたあと、一瞬《いっしゅん》だけど「クレオパトラは」って呼《よ》び捨《す》てにしていた。
・拓《た》っくんがクレオパトラさんのことを「プライドが高《たか》いんでしたね。」っていったら、「それがどうかした?」ってセレーネさんらしからぬ怖《こわ》い口調《くちょう》になった。
・アレクサンドリアに着《つ》いたあたりから、セレーネさんが凜々《りり》しくて、迫力《はくりょく》が出《で》てきた。
・そして、セレーネさんは、エジプト語《ご》も、ギリシャ語《ご》も完璧《かんぺき》だった。
気《き》をつけて見《み》ていれば、セレーネさんこそがホンモノのクレオパトラさんだと気《き》づいていたかもしれない。

ホンモノのクレオパトラさんがカエサルさんにいう。

「だますようなことをして、申《もう》し訳《わけ》ございませんでした。」

「なにゆえ、このようなことをした。」

「カエサルさまが、黒髪《くろかみ》・色黒《いろぐろ》がお好《す》きという噂《うわさ》を耳《みみ》にしてから、影武者《かげむしゃ》の女《おんな》ともども、肌《はだ》が黒《くろ》くなるよう化粧《けしょう》をし、さらに立場《たちば》を入《い》れかえておりました。」

「では、このなかで、そのことを知《し》っておったのは……。」

アポロドロスさんが頭《あたま》を下《さ》げる。

「わたしも知《し》っておりました。」

そういえば、ペルシウムを出《で》る直前《ちょくぜん》、はじめてアポロドロスさんが呼《よ》ばれたとき、セレーネさんにたいする礼《れい》の仕方《しかた》がぎこちなかった。ほんとうのクレオパトラさんとわかっているけど、頭《あたま》を深々《ふかぶか》と下《さ》げるわけにいかなかったのだろう。まあ、家庭教師兼護衛《かていきょうしけんごえい》だから、クレオパトラさんに気《き》づかないわけはない。

「そうか、そうか。」

受《う》け答《こた》えしながらも、カエサルさんの目《め》はクレオパトラさんに釘付《くぎづ》けになっている。

クレオパトラの噂《うわさ》はホント?

クレオパトラは何《なん》か国語《こくご》も話《はな》せた知的美女《ちてきびじょ》?

カエサルさんが、クレオパトラさんにきく。

「そなた、話《はな》すことができるのは、ギリシャ語《ご》、エジプト語《ご》だけか?」

「あとは、ラテン語《ご》、シリア語《ご》、アラビア語《ご》、ヘブライ語《ご》などを少々《しょうしょう》。」

「なにが少々《しょうしょう》なものか。おそらく、すべて完璧《かんぺき》に話《はな》すことができるのではないか？」

クレオパトラさんは首《くび》を小《ちい》さく横《よこ》に振《ふ》ってみせたが、家庭教師兼護衛《かていきょうしけんごえい》のアポロドロスさんは小《ちい》さくうなずいた。

クレオパトラさんが何《なん》か国語《こくご》も話《はな》せたというのは、ほんとうらしい。

こうしてクレオパトラさんがカエサルさんと話《はな》しているのを見《み》ていて、気《き》づいたことがあった。

カエサルさんはクレオパトラさんのことが好《す》きになってるみたいだ！

何《なん》か国語《こくご》も話《はな》せるという、わかりやすい賢《かしこ》さだけではない。なんていうのか、漂《ただよ》う雰囲《ふんい》気《き》が優雅《ゆうが》で、しかも賢《かしこ》いから、よけいに「美人《びじん》」に見《み》えるのだ。

あっ！

わたしは、いま気《き》づいた。

クレオパトラさんの噂《うわさ》――「クレオパトラの鼻《はな》がもう少《すこ》し低《ひく》かったら、世界《せかい》の歴史《れきし》も変《か》わっていただろう。」の真相《しんそう》だ。

きっと、こういうことではないだろうか。

「クレオパトラは美人《びじん》だ。」という噂《うわさ》が立《た》った。

←美人《びじん》ってことは、美貌《びぼう》の持《も》ち主《ぬし》なはず。

←美貌《びぼう》の持《も》ち主《ぬし》ってことは鼻《はな》が高《たか》いはず。

←カエサルがクレオパトラを好《す》きになったのは鼻《はな》が高《たか》い（＝美人《びじん》）だからだ。

←だから「クレオパトラの鼻《はな》がもう少《すこ》し低《ひく》かったら（カエサルが好《す》きになることもなかっただろうし）世界《せかい》の歴史《れきし》も変《か》わっていただろう。」といわれるようになったのだ。

ほんとうは、カエサルさんがクレオパトラさんを好《す》きになった理由《りゆう》は美貌《びぼう》ってだけじゃないのにね。

カエサルさんが、あることを思《おも》い出《だ》す。

「では、さきほどの『クレオパトラの死体《したい》が発見《はっけん》された。』というのは。」

クレオパトラさんが答《こた》える。

「おそらく、わたくしと思《おも》われて連《つ》れ去《さ》られた影武者《かげむしゃ》が殺《ころ》されたのでしょう。気《き》の毒《どく》なことをしました。」

そのとき――。

――「待《ま》てーっ！　クレオパトラ、待《ま》てーっ！」

男《おとこ》の人《ひと》の声《こえ》とともに、たくさんの靴音《くつおと》が聞《き》こえてきた。

振《ふ》り返《かえ》ると、クレオパトラさん、ううん、クレオパトラさんの影武者《かげむしゃ》が走《はし》りこんできた。

さらに、うしろからおおぜいの兵《へい》が追《お》ってくる。

クレオパトラさんの影武者《かげむしゃ》がさけぶ。

「カエサルさま！　あたしこそクレオパトラでございます！」

声《こえ》は、わたしたちも知《し》っている、元気《げんき》のいい、ちょっと怖《こわ》いものだった。

ホンモノのクレオパトラさんが振《ふ》り向《む》き、やさしくいう。

「もう、あなたがわたくしの影武者《かげむしゃ》だとばれてしまっているわ。」

「ええーっ！」

影武者《かげむしゃ》のクレオパトラさんが大《おお》きな声《こえ》を出《だ》してから、肩《かた》をがっくりと落《お》とした。全身《ぜんしん》から力《ちから》が抜《ぬ》けていくように見《み》えた。

わたしは、ホンモノのクレオパトラさんにきいた。

「あの影武者《かげむしゃ》のクレオパトラさんのお名前《なまえ》は？」

「セレーネよ。――わたくし、エジプト生《う》まれじゃなくて、ギリシャ生《う》まれで、幼名《ようみょう》はセレーネ。大《おお》きくなって、母《はは》からクレオパトラの名《な》を継《つ》いで七世《せい》になった。彼女《かのじょ》には彼女《かのじょ》で本名《ほんみょう》があるけど、影武者《かげむしゃ》になるとき、新《あたら》しい名前《なまえ》が欲《ほ》しいというから、わたくしの幼名《ようみょう》をゆずってあげたのよ。」

「そうだったんですか。」

クレオパトラさんがセレーネさんにきく。

「あなた、死《し》んだと聞《き》きましたよ。」

「食事《しょくじ》の直後《ちょくご》、皿《さら》をかたづけようとしているとき、ひそんでいたプトレマイオスの兵《へい》に捕《つか》まってすぐに嗅《か》ぎ薬《ぐすり》で眠《ねむ》らされ、連《つ》れ去《さ》られたのです！　監禁《かんきん》されたあと目《め》を覚《さ》ましたのですが、死《し》んだふりをしていたのです！　まったくひどいことをするものですわ！」

「そうだったの。おどろいたわ。影武者《かげむしゃ》をやってくれたあなたが、わたくしのかわりに死《し》んでしまうのは、やはりイヤですもの。生《い》きていてくれて、ほんとうに、よかったわ。」

追《お》いかけてきた兵《へい》たちの先頭《せんとう》に立《た》った男《おとこ》が口《くち》を開《ひら》いた。

クレオパトラの弟《おとうと》だから、顔立《かおだ》ちの整《ととの》ったイケメンなんだけど、性格《せいかく》の悪《わる》さがよく出《で》ている顔《かお》だ。

「クレオパトラ！　わが配下《はいか》に影武者《かげむしゃ》を連《つ》れ去《さ》らせおって！」

「影武者《かげむしゃ》だろうが、ホンモノだろうが、連《つ》れ去《さ》ろうとする心根《こころね》が許《ゆる》せませぬ。」

「なんだと！」

プトレマイオスがずんずんと歩《ある》いてこようとする。

クレオパトラさんがわたしたちにいう。

「みんな、道《みち》を空《あ》けて。」

片側《かたがわ》にクレオパトラさん、セレーネさんとルナ、アポロドロスさん。

もう片側《かたがわ》に、麻美《あさみ》さん、拓《た》っくん、亮平《りょうへい》くん、わたしとタイム。

プトレマイオスの正面《しょうめん》には、カエサルさんが登場《とうじょう》したはず。

プトレマイオス、いきなり、わざとらしく土下座《どげざ》した。

「これはこれは！　カエサルさま！　ポンペイウスの首《くび》を捧《ささ》げたプトレマイオス十三世《せい》にございます！　学問好《がくもんず》きなだけのクレオパトラにエジプトをまかせますと、ろくなことになりませぬぞ！」

カエサルさん、わたしたちが空《あ》けた道《みち》をゆっくりと歩《ある》き、土下座《どげざ》しているプトレマイオスの前《まえ》に立《た》った。

「そうか、そうか、それはよきことを教《おし》えてくれた。クレオパトラではなく、プトレマイオス、そなたをエジプト王《おう》にしよう。」

クレオパトラさんも、セレーネさんも、アポロドロスさんも、麻美《あさみ》さんも、わたしたちも口《くち》をぽかん。

え、え、どういうこと⁉

カエサルさんがつづける。

「――と、わたしがいうと思《おも》うたか！」

こんどはプトレマイオスが口《くち》をぽかんと開《あ》ける。

「ポンペイウスの首《くび》を差《さ》し出《だ》し、『われをエジプト王《おう》に。』などというひきょうなやつはきらいだ！」

「そんな……。」

「まして姉《あね》のクレオパトラを連《つ》れ去《さ》り、わたしに会《あ》わせないようにするなど、人《ひと》として最《さい》低《てい》ではないか。」

いうなり、カエサルさんはまわれ右《みぎ》。

すわっていた椅子《いす》のほうへ、つかつかと歩《ある》いてもどっていく。

土下座《どげざ》していたプトレマイオスがゆっくりと立《た》ち上《あ》がった。

右手《みぎて》で背後《はいご》の兵《へい》たちを制《せい》すると、その右手《みぎて》で左腰《ひだりこし》の剣《けん》の柄《つか》をにぎった。

剣《けん》をゆっくりと引《ひ》き抜《ぬ》く。

そして右足《みぎあし》、左足《ひだりあし》と前《まえ》に出《だ》した。

歩《ある》いていくカエサルさんのほうへ斬《き》りかかっていく。

「なにするんだ！」

拓《た》っくんが、まるでラグビーの選手《せんしゅ》のようにタックルしようと、飛《と》びかかるのが見《み》えた。

でも剣《けん》をにぎっていない左手《ひだりて》で、あっさりと振《ふ》り払《はら》われた。

「拓哉《たくや》！」

こんどは亮平《りょうへい》くんがプトレマイオスにぶつかっていく。

でも亮平《りょうへい》くんも、剣《けん》をにぎっていない左手《ひだりて》で振《ふ》り払《はら》われた。

プトレマイオスが、カエサルさんのほうに向《む》かって走《はし》っていく。

ふたりのあいだは三メートルくらいだろうか。

カエサルさんが斬《き》られちゃう！

「ダメ！」

わたしがさけぶのと、カエサルさんが肩越《かたご》しに振《ふ》り向《む》くのと、プトレマイオスがつんのめったまま、ばったり倒《たお》れるのが同時《どうじ》だった。

クレオパトラさんがなにくわぬ顔《かお》をしたまま、倒《たお》れるプトレマイオスを見下《みお》ろしている。

クレオパトラさんが、すっと右足《みぎあし》を手前《てまえ》に引《ひ》くのが見《み》えた。プトレマイオスの足《あし》をひっかけて、転《ころ》ばせたのだ。

プトレマイオスが立《た》ち上《あ》がろうとする。

「アポロドロスさん！　毛布《もうふ》！」

わたしはさけんだ。

アポロドロスさんが、巻《ま》いた毛布《もうふ》を下《した》から上《うえ》へ、ひと振《ふ》り！

ブンッ！

音《おと》がした。

「ぎゃっ！」

プトレマイオスが、アッパーカットを食《く》らったかのように、身体《からだ》をのけぞらせ、こんどは仰向《あおむ》けに倒《たお》れた。

セレーネさんがさけぶ。

「ルナ！」

セレーネさんの足下《あしもと》にいたルナが走《はし》っていってジャンプ！　プトレマイオスの首《くび》のあたりに着地《ちゃくち》して、両頬《りょうほお》に猫《ねこ》パンチ！

「タイム！」

わたしがさけぶと、タイムがジャンプ！

ルナのかわりに顔《かお》に着地《ちゃくち》すると、右《みぎ》うしろ足《あし》をあげて、おしっこをした。

じゃーっ！

「ぎゃあ！　おしっこが！　おしっこが！」

プトレマイオスが泣《な》きさけぶ。

それを見《み》て、背後《はいご》でひかえていた兵《へい》たちが興《きょう》ざめしたように後退《こうたい》していく。プトレマイオスの権威《けんい》が、どんどん落《お》ちていくのが見《み》てとれた。

カエサルさんが、プトレマイオスの兵《へい》たちに向《む》かっていう。

「プトレマイオス十三世《せい》を、どこかに幽閉《ゆうへい》しておけ！」

興《きょう》ざめしていた兵《へい》たちがしゃきしゃきと動《うご》きはじめ、顔《かお》がおしっこまみれになっているプトレマイオスの両手《りょうて》を引《ひ》っぱり、ずるずるとひきずっていった。

カエサルさんが満足《まんぞく》げにうなずく。

「これで、じゃま者《もの》はいなくなった。このエジプトは、クレオパトラ七世《せい》、そなたのもの。」

クレオパトラさんが少《すこ》し心配《しんぱい》そうにいう。

「このエジプトには、プトレマイオスを支持《しじ》する者《もの》も多《おお》くいます。幽閉《ゆうへい》されていると知《し》ったら内乱《ないらん》になりますわ。」

「そのときは全力《ぜんりょく》で鎮圧《ちんあつ》すればいい。わたしが加勢《かせい》しよう。」

「ありがとうございます。」

「しかしクレオパトラ、毛布《もうふ》にくるまって、この宮殿《きゅうでん》に入《はい》ってくるとは、いいアイデアを思《おも》いついたもの。いやはや、たいしたものよ。」

「お恥《は》ずかしいかぎりにございます。」

クレオパトラさんがうやうやしく頭《あたま》を下《さ》げる。

さらにカエサルさんが、クレオパトラさんのそばに寄《よ》りながらいう。

「そして、よくぞ、プトレマイオス十三世《せい》から、わたしの命《いのち》を助《たす》けてくれた。クレオパトラ七世《せい》、惚《ほ》れ直《なお》したぞ！」

「カエサルさま……。」

クレオパトラが頬《ほお》をぽっと赤《あか》らめ、カエサルさんの胸《むね》に顔《かお》をうずめた。

そのときだった。

「フゥー！」

セレーネさんの猫《ねこ》のルナが、タイムに向《む》かってうなっている。

「ウウウ。」

タイムもうなり返《かえ》す。

わたしはタイムに声《こえ》をかけた。

「どうしたの、タイム。仲良《なかよ》くしたら？」

セレーネさんも声《こえ》をかける。

「ルナ！　やめなさい！」

タイムが、わたしのほうを切《せつ》なそうな目《め》で見《み》つめてくる。

〈香里《かおり》さま、だって、おいら、プトレマイオスをやっつけるために、必殺技《ひっさつわざ》のおしっこをかけたのに、ルナが、さっきから「くさい、くさい。」っていうんだ。だから、だから、香里《かおり》さま、「仲良《なかよ》くしたら？」なんていわないでおくれよ。〉


ルナが、タイムに飛《と》びかかった。

「ヒャン！」

タイムは、ルナの猫《ねこ》パンチをなんとかかわすと、脱兎《だっと》のごとく逃《に》げ出《だ》した。

ルナが追《お》う。

タイムとルナが広間《ひろま》じゅうを使《つか》って、追《お》いかけっこをはじめた。

カエサルさん、クレオパトラさん、セレーネさん、アポロドロスさん、麻美《あさみ》さん、拓《た》っくん、亮平《りょうへい》くん、そして、わたしの足下《あしもと》をかけずりまわる。

「タイム！　こっちおいで！」

わたしがさけぶと、タイムがジャンプ！

ルナも、あとからジャンプ！

わたしは、タイムを受《う》け止《と》めるため、両手《りょうて》を広《ひろ》げた。

同時《どうじ》に、セレーネさんがルナを空中《くうちゅう》で捕《つか》まえようと両手《りょうて》を伸《の》ばした。でも空振《からぶ》り。

拓《た》っくんと亮平《りょうへい》くんもわたしの左右《さゆう》から手《て》を伸《の》ばしてくる。

タイムがわたしの腕《うで》のなかに飛《と》びこんだ直後《ちょくご》、拓《た》っくんと亮平《りょうへい》くんが、わたしのほうに倒《たお》れこんできた。

わたしの視界《しかい》の端《はし》に、あわてる麻美《あさみ》さんの顔《かお》があった。麻美《あさみ》さんも、わたしのほうに駆《か》けてくる。いちばん近《ちか》い拓《た》っくんの背中《せなか》に触《ふ》れる。

遠《とお》くに、カエサルさんの胸《むね》に顔《かお》をうずめたままのクレオパトラさんの幸《しあわ》せそうな姿《すがた》が見《み》えた。

目《め》の前《まえ》が真《ま》っ白《しろ》になった。

⑬「毒蛇《どくじゃ》に咬《か》ませて自殺《じさつ》した」？

タイムを抱《だ》いたわたし、拓《た》っくん、亮平《りょうへい》くん、そして麻美《あさみ》さんは、地面《じめん》に折《お》り重《かさ》なるように倒《たお》れていた。

すぐそばには「おむれつ『ABC《エービーシー》』」の看板《かんばん》が落《お》ちている。積《つ》み木《き》の「C《シー》」の文字《もじ》がはずれて落《お》ちている。

そうだ、思《おも》い出《だ》した。

この店《みせ》の前《まえ》まで来《き》たとき地震《じしん》が起《お》きて、看板《かんばん》が落《お》ちたのだ。で、わたしが蹴《け》った積《つ》み木《き》の「C《シー》」が拓《た》っくんと亮平《りょうへい》くんのあごに命中《めいちゅう》したのだ。

わたしたちは声《こえ》をかけられた。

――「だいじょうぶですか？　看板《かんばん》、あたらなかったですか？」

振《ふ》りあおぐと、白《しろ》いコック服《ふく》を着《き》た三十代半《さんじゅうだいなか》ばくらいのおじさんが立《た》って、わたしたちを見下《みお》ろしていた。

「おむれつ『ABC《エービーシー》』」のオーナーらしい。

わたしはタイムを抱《だ》いて、あわてて立《た》ち上《あ》がった。

拓《た》っくん、亮平《りょうへい》くん、麻美《あさみ》さんも立《た》ち上《あ》がる。

「だいじょうぶです！」

そういうわたしの全身《ぜんしん》を見《み》て、オーナーが目《め》を丸《まる》くしている。

「ここで、演劇《えんげき》の稽古《けいこ》でもしていたの？」

わたしは、自分《じぶん》が着《き》ている服《ふく》を見《み》て、あわてた。

わたしたちは、古代《こだい》エジプトで着替《きか》えたまんまで、二十一世紀《せいき》から着《き》ていった服《ふく》を置《お》いてきてしまったのだ。

うしろからも声《こえ》が聞《き》こえてくる。

「えっ？　なにっ!?　ウソ！　マジ!!」

美少女橋本《びしょうじょはしもと》さんの声《こえ》だ。

ああ、そうだ。わたしたち、橋本《はしもと》さんの目《め》の前《まえ》でタイムスリップしたんだった。橋本《はしもと》さんから見《み》れば、一瞬《いっしゅん》で早着替《はやきが》えしたように見《み》えるだろう。それだけじゃない。麻《あさ》美《み》さんまで姿《すがた》をあらわしたのだ。

ぶるっ！

いきなり寒気《さむけ》が襲《おそ》ってきた。二十一世紀《せいき》は正月《しょうがつ》だったのだ。寒《さむ》いはずだ。

「そ、そうです！　ご、ごめんなさい、こんなところで。」

わたしたちは、店《みせ》の前《まえ》を離《はな》れて、音羽神社《おとわじんじゃ》の石段《いしだん》のほうへ少《すこ》し移動《いどう》した。

店《みせ》の前《まえ》にいるより、人目《ひとめ》につきにくい。

わたしたちのうしろから、橋本《はしもと》さんが小走《こばし》りでついてきた。

「ちょっ、ちょっと、氷室《ひむろ》くんたち、そんな格好《かっこう》してなかったよね！　なんで、そんな格《かっ》好《こう》してるの!?　へん！」

わたしたちが答《こた》えに困《こま》っていると、さらに橋本《はしもと》さんが麻美《あさみ》さんの顔《かお》を指《ゆび》さしながらいう。

「このきれいなおばさん、だーれ？」

麻美《あさみ》さんの顔《かお》が引《ひ》きつる。

「お、おばさん!?」

「だって、二十歳《はたち》過《す》ぎてそうだもん。おばさんでしょ？」

麻美《あさみ》さん、息《いき》をのんでから、いった。

「え、ええっ！　かわいい顔《かお》して、なにいうの。――この子《こ》、だれ？」

おどろいて、橋本《はしもと》さんを見《み》ている拓《た》っくんと亮平《りょうへい》くんにかわって、わたしはいった。

「このふたりのクラスメイトですって。」

「へ、へえ。」

すると橋本《はしもと》さんが、拓《た》っくんと亮平《りょうへい》くんを見《み》ながら、いった。

「ふたりとも、わたしより、こんなおばさんがタイプなんだ。がっかり！　じゃあね！　わたし、初詣《はつもうで》まだだから。――あ、パパとママだ。」

橋本《はしもと》さんの両親《りょうしん》が音羽神社《おとわじんじゃ》の石段《いしだん》を下《お》りて、こちらへ走《はし》ってくるところだった。

ふたりは、わたしたちの格好《かっこう》を見《み》て、一瞬《いっしゅん》、ぎょっとしたあと、橋本《はしもと》さんに声《こえ》をかける。

——「だいじょうぶだった？　怪我《けが》してない？　あのオムレツ屋《や》さんの看板《かんばん》のそばにいたでしょ。」

——「うん、平気《へいき》。氷室《ひむろ》くんと堀田《ほった》くんが助《たす》けてくれたから。」

——「よかったわね。」

——「うん！」

橋本《はしもと》さんと両親《りょうしん》は石段《いしだん》のほうに向《む》かって歩《ある》いていった。

「なあ、亮平《りょうへい》。人《ひと》は見《み》た目《め》が百パーセントじゃ……。」

「……ないみたいだね。」

わたしは、タイムを地面《じめん》におろすと、麻美《あさみ》さんに向《む》かって両手《りょうて》を合《あ》わせた。

「麻美《あさみ》さん！」

「な、なに？」

目《め》をぱちぱちさせながら、橋本《はしもと》さんと両親《りょうしん》の背中《せなか》を見送《みおく》っていた麻美《あさみ》さんが、はっとして顔《かお》を向《む》けてきた。

「麻美《あさみ》さん、タイムスコープを持《も》ってるんですよね。」

「も、持《も》ってるけど。」

「ペルシウムの宮殿《きゅうでん》にもどって、わたしたちの着替《きが》えを持《も》ってきてくれませんか？」

「えーっ、これから？」

「いやなら、わたしが行《い》きます。タイムスコープ、貸《か》してください！」

「だーめ！　十八歳未満《さいみまん》は使用禁止《しようきんし》！　わかったわよ、取《と》ってくればいいんでしょ、取《と》ってくれば。」

麻美《あさみ》さんが胸元《むなもと》からタイムスコープを取《と》り出《だ》した。

長《なが》い楕円形《だえんけい》で、電源《でんげん》とする太陽光取《たいようこうと》りこみパネル、情報《じょうほう》を映《うつ》し出《だ》す液晶窓《えきしょうまど》、数字《すうじ》を打《う》ちこむボタンなどが並《なら》んでいる手《て》のひらサイズの機械《きかい》だ。バージョンアップされていて、見《み》るたびに少《すこ》しずつ形状《けいじょう》が異《こと》なっている。

「しかたないわね。」

麻美《あさみ》さんがなにか入力《にゅうりょく》した。

麻美《あさみ》さんの姿《すがた》がゆがんで、すーっと消《き》えたかと思《おも》うと、また次《つぎ》の瞬間《しゅんかん》、「名曲喫茶《めいきょくきっさ》ガロ」でのアルバイト姿《すがた》になった麻美《あさみ》さんが大《おお》きな麻袋《あさぶくろ》を抱《かか》えて、もどってきた。

「ただいま。」

「おかえりなさい。でも麻美《あさみ》さんだけ着替《きか》えてきて、ずるーい。」

わたしが文句《もんく》をいうと、麻美《あさみ》さんが、石段《いしだん》の下《した》を指《ゆび》さしながらいった。

「あそこに公衆《こうしゅう》トイレがあるから、着替《きか》えていらっしゃい。ほら。」

わたしたちは、麻袋《あさぶくろ》のなかから自分《じぶん》が着《き》ていた服《ふく》を取《と》り出《だ》すと、公衆《こうしゅう》トイレのなかで着《き》替《か》えた。

三人《にん》とも、古代《こだい》エジプトの服《ふく》を着《き》る前《まえ》の姿《すがた》にもどった。わたしはベージュのダッフルコート、拓《た》っくんはダウンジャケット、亮平《りょうへい》くんはジャンパー。

古代《こだい》エジプトから着《き》てきた服《ふく》は、麻袋《あさぶくろ》にもどした。

麻美《あさみ》さんがいう。

「これは古代《こだい》エジプトにもどすのが礼儀《れいぎ》かもしれないけど、タイムスコープを借《か》りたお礼《れい》に上岡《かみおか》さんに渡《わた》すわ。」

上岡《かみおか》さんは、自分《じぶん》がタイムトリップしたり、わたしたちがタイムスリップした先《さき》で入手《にゅうしゅ》した古今東西《ここんとうざい》のホンモノの衣装《いしょう》をコレクションしていて、上岡写真館《かみおかしゃしんかん》での記念撮影用《きねんさつえいよう》にレンタルしているのだ。

「麻美《あさみ》さんが渡《わた》してくれるんですか？　なんか、悪《わる》いです。」

「いいのよ。地震《じしん》の直後《ちょくご》に、上岡《かみおか》さんが『ガロ』に来《き》て、『香里《かおり》ちゃんたちが困《こま》ってるみたいだから行《い》ってきて。』って頼《たの》まれたのね。そのあと上岡《かみおか》さん、『ガロ』のマスターと、またカメラ談義《だんぎ》だか、写真談義《しゃしんだんぎ》だか、してたと思《おも》うから、まだ『ガロ』にいるはず。いっしょに行《い》く？」

「はい！」

わたしたちは声《こえ》をそろえて返事《へんじ》をした。

「名曲喫茶《めいきょくきっさ》ガロ」は、蔦《つた》がからまった外装《がいそう》といい、木製《もくせい》のドアといい、ドアにとりつけられた、カランカランと鳴《な》る鈴《すず》といい、昭和《しょうわ》の香《かお》り漂《ただよ》う喫茶店《きっさてん》だ。

サンタクロースのように麻袋《あさぶくろ》を肩《かた》にかついだ麻美《あさみ》さんが、木製《もくせい》のドアを開《あ》けて入《はい》っていく。

カランカラン！

「マスター、ただいま！　あ、上岡《かみおか》さん、まだ、いてくれたんですね。よかったです。」

ほかに客《きゃく》はいなかった。

マスターと話《はな》せる距離《きょり》のテーブルでコーヒーを飲《の》んでいた上岡《かみおか》さんが、わたしを見《み》て微笑《ほほえ》んだ。

「いっしょに帰《かえ》ってきたんだね。」

わたしがタイムを床《ゆか》におろそうとすると、マスターの高野護《たかのまもる》さんがいった。

「ほかに、お客《きゃく》さんがいないから、そのまま抱《だ》っこしてていいよ。」

「ありがとうございます。」

これまで気《き》づかなかったけど、マスターの高野《たかの》さんは、上岡《かみおか》さん、麻美《あさみ》さん、わたしたちがタイムトリップ、タイムスリップしていることを知《し》っているにちがいない。

わたしたちは、上岡《かみおか》さんのいるテーブルの周囲《しゅうい》に腰《こし》かけた。

麻美《あさみ》さんが、上岡《かみおか》さんに麻袋《あさぶくろ》を渡《わた》す。

「はい、お土産《みやげ》です。」

「ありがとう、ありがとう。古代《こだい》エジプトの衣装《いしょう》はなかったから、うれしいよ。」

上岡《かみおか》さんが、わたしにきいてくる。

「麻美《あさみ》さんは役《やく》に立《た》ったかな。」

「はい、とっても。それに、歴史《れきし》が変《か》わることも避《さ》けることができましたし、なによりクレオパトラさんの顔《かお》を見《み》ることができました。」

「それはなにより。——あ、そうそう。ここのマスター、音楽《おんがく》だけじゃなく、博学《はくがく》でね。さっき、この本《ほん》を借《か》りて目《め》を通《とお》していたんだよ。」

上岡《かみおか》さんのいるテーブルの上《うえ》には、『古代《こだい》エジプト大全《たいぜん》』という本《ほん》が置《お》かれている。

香里《かおり》クイズ

Q《キュー》. クレオパトラがカエサルのあとに出会《であ》う愛《あい》する男性《だんせい》の名《な》は？

A《エー》 ブルートゥス

B《ビー》 オクタヴィアヌス

C《シー》　アントニウス

「ちょっと貸《か》してください。」

わたしは、上岡《かみおか》さんから『古代《こだい》エジプト大全《たいぜん》』を借《か》りてページを繰《く》った。

クレオパトラさんの年表《ねんぴょう》を広《ひろ》げた。

拓《た》っくんと亮平《りょうへい》くんも、横《よこ》からのぞきこむ。

香里《かおり》の豆知識《まめちしき》

ここから先《さき》のクレオパトラさんの年表《ねんぴょう》を書《か》いておくね。お願《ねが》いだから、読《よ》んでね。

クレオパトラ年表《ねんぴょう》 ③

前《ぜん》四八年《ねん》　カエサルと結《むす》ばれる。
プトレマイオス十三世《せい》の弟《おとうと》十四世《せい》とエジプトの共同統治者《きょうどうとうちしゃ》となる。十四世《せい》は名《な》ばかりで、クレオパトラが事実上《じじつじょう》の女王《じょおう》となる。

前《ぜん》四七年《ねん》　カエサルの子《こ》カエサリオンを産《う》む。

前《ぜん》四六年《ねん》　カエサリオンを連《つ》れて、ローマに行《い》く。

前《ぜん》四四年《ねん》　カエサルが、ブルートゥスに暗殺《あんさつ》される。
クレオパトラ、カエサリオンといっしょにエジプトにもどる。

前《ぜん》四一年《ねん》　カエサルの部下《ぶか》だったアントニウスと出会《であ》う。

前《ぜん》四〇年《ねん》　このころアントニウスとのあいだに男女《だんじょ》の双子《ふたご》が生《う》まれる。

前《ぜん》三七年《ねん》　アントニウスと再会《さいかい》する。

前《ぜん》三六年《ねん》　アントニウスとのあいだに第《だい》三子《し》誕生《たんじょう》。

前《ぜん》三四年《ねん》　アントニウスが、クレオパトラと子《こ》どもたちに東方領土《とうほうりょうど》を与《あた》える。

前《ぜん》三二年《ねん》　アントニウスとオクタヴィアヌスが対立《たいりつ》。
前《ぜん》三一年《ねん》　オクタヴィアヌス、アントニウスに味方《みかた》するエジプトに宣戦布告《せんせんふこく》。アクティウムの海戦《かいせん》。
前《ぜん》三〇年《ねん》　アントニウス、クレオパトラが自殺《じさつ》。

あのあと、クレオパトラさんは事実上《じじつじょう》のエジプト女王《じょおう》になって、カエサルさんと愛《あい》し合《あ》うようになり、子《こ》どもが生《う》まれる。

でもカエサルさんが暗殺《あんさつ》されてしまう。

そのあとカエサルさんの部下《ぶか》だったアントニウスと出会《であ》って、愛《あい》し合《あ》うようになり、三人《にん》の子《こ》に恵《めぐ》まれる。

でも、アントニウスのライバルのオクタヴィアヌスにエジプトを攻《せ》められてしまう。

わたしは『古代《こだい》エジプト大全《たいぜん》』の本文《ほんもん》に目《め》をやった。

アントニウスはクレオパトラが死《し》んだという噂《うわさ》を信《しん》じて自殺《じさつ》。

クレオパトラは、アントニウスの亡骸《なきがら》を見《み》て、悲《かな》しみのあまり自殺《じさつ》してしまう。

愛《あい》にも恵《めぐ》まれていたけど、不幸《ふこう》な最期《さいご》だったのね。

「ふたりが死《し》んだあとは……。」

『古代《こだい》エジプト大全《たいぜん》』のページを繰《く》っていた拓《た》っくんがため息《いき》をつく。

「ああ、プトレマイオス朝《ちょう》の王《おう》はクレオパトラさんが最後《さいご》で、ローマに事実上占領《じじつじょうせんりょう》されちゃうのか。」

亮平《りょうへい》くんがうなずく。

「テレビ番組《ばんぐみ》で観《み》たよ。でもさ。」

クレオパトラの噂《うわさ》はホント？

クレオパトラは毒蛇《どくじゃ》で自殺《じさつ》した？

亮平《りょうへい》くんが、いちど言葉《ことば》を切《き》って、いった。

「クレオパトラさんは、毒蛇《どくじゃ》に自分《じぶん》を咬《か》ませて自殺《じさつ》した、っていうけど、ほんとうなのかな。」

わたしは『古代《こだい》エジプト大全《たいぜん》』のページを繰《く》った。

「クレオパトラさんは、贈《おく》り物《もの》のイチジクが盛《も》られた籠《かご》にコブラを忍《しの》ばさせて、そのコブラに、胸《むね》か腕《うで》を咬《か》ませた、って。」

拓哉《たくや》の豆知識《まめちしき》

コブラ

クレオパトラが咬《か》ませたというコブラは、「エジプトコブラ」、正《ただ》しくは「アスプコブラ」。威嚇《いかく》するとき、フードと呼《よ》ばれる首《くび》の皮膚《ひふ》を広《ひろ》げるんだ。


「でも……。」

亮平《りょうへい》くんだ。

「おれが観《み》たテレビ番組《ばんぐみ》では、いくつか説《せつ》が紹介《しょうかい》されてたよ。コブラに咬《か》ませた自殺以外《じさついがい》に、コブラじゃなくて服毒自殺《ふくどくじさつ》、コブラだけど自殺《じさつ》じゃなくて他殺《たさつ》って説《せつ》もあるみたい。」

「他殺《たさつ》？」

わたしがきくと、亮平《りょうへい》くんが、いかにも自分《じぶん》が説《せつ》を唱《とな》えているように、いった。

「贈答品《ぞうとうひん》のイチジクにコブラを仕込《しこ》ませていたのは、オクタヴィアヌスだって。」

「たしかに、オクタヴィアヌスにとって、ライバルの恋人《こいびと》のクレオパトラはじゃまだったかもしれないわね。でも……。」

「でも？」

拓《た》っくんと亮平《りょうへい》くんが、身《み》を乗《の》り出《だ》してくる。

「アントニウスの亡骸《なきがら》を見《み》て、悲《かな》しみのあまり自殺《じさつ》してしまう、っていうほうが、あの、やさしいクレオパトラさんらしい気《き》がするのよね。」

「たしかに……。」

「……そうかもね。」

拓《た》っくんと亮平《りょうへい》くんも、うなずいた。

テーブルの上《うえ》に置《お》かれた『古代《こだい》エジプト大全《たいぜん》』は写真《しゃしん》や図版《ずはん》はたくさん入《はい》っているんだけど、クレオパトラさんが死《し》んだところを書《か》いたページに、アビシニアンがいるのを見《み》たタイムが声《こえ》をあげた。

「ヒャン!」

「タイムったら、ルナがよっぽど苦手《にがて》だったのね。」

「クゥ〜ン。」

タイムスリップする前《まえ》、『TATSUYA《タツヤ》』で、正月《しょうがつ》にもらったお年玉《としだま》で、拓《た》っくんが映画《えいが》のDVD《ディーブイディー》を、亮平《りょうへい》くんがゲームを買《か》おうとしていたことを思《おも》い出《だ》していた。

でもいま古代《こだい》エジプトのことで頭《あたま》がいっぱいになっているようだから、わざといわないでおいた。

だって、映画《えいが》の世界《せかい》でもゲームの世界《せかい》でも味《あじ》わえない体験《たいけん》をしてきたばかりだもの。

上岡《かみおか》さんが、わたしたち全員《ぜんいん》にきいた。

「ところでクレオパトラは美人《びじん》だったかい？　鼻《はな》、高《たか》かったかい？」

わたしが代表《だいひょう》して答《こた》えた。

「いちばん美人《びじん》ってわけじゃなかったです。鼻《はな》も、もっと高《たか》い女《おんな》の人《ひと》もいましたし。」

「そうなんだ。」

上岡《かみおか》さんが、ちょっと残念《ざんねん》そうにしているので、橋本《はしもと》さんや、クレオパトラさん（じつはセレーネさん）、セレーネさん（じつはクレオパトラさん）を見《み》て、デレデレしていた拓《た》っくんと亮平《りょうへい》くんのほうを見《み》ながら、いった。

「すぐ近《ちか》くにもっと鼻《はな》の高《たか》い派手《はで》美人《びじん》がいたから、地味《じみ》に見《み》えましたけどクレオパトラさんは、清楚《せいそ》な美人《びじん》です。でも、やさしくて、いろんな言葉《ことば》をあやつって、賢《かしこ》くて、なにより雰囲気《ふんいき》がすてきでした。」

それを聞《き》いて、上岡《かみおか》さんがいった。

「そういうのを、ほんとうの『美人《びじん》』っていうんだよ。人《ひと》は見《み》かけだけで判断《はんだん》しちゃいけないって証拠《しょうこ》だね。」

照《て》れながら頭《あたま》をぽりぽりとかく拓《た》っくんと亮平《りょうへい》くんを見《み》て、わたしはいった。

「『TATSUYA《タツヤ》』、行《い》くっていってなかった?」

拓《た》っくんと亮平《りょうへい》くんが顔《かお》を見合《みあ》わせて、うなずき合《あ》い、ハモった。

「行《い》く!」

クレオパトラ7世

Cleopatra Ⅶ
69 B.C.—30 B.C.

あとがき

親愛《しんあい》なる読者諸君《どくしゃしょくん》。

第三《サード》シーズン（外国編《がいこくへん》）第二弾《だいだん》、楽《たの》しんでもらえましたか？

第一弾《だいだん》『ナポレオンと名探偵《めいたんてい》！』の次《つぎ》は、もっと古《ふる》い時代《じだい》へ、そして女性《じょせい》を主人公《しゅじんこう》にしたいと思《おも》っていました。

そこで登場《とうじょう》してもらったのが、古代《こだい》エジプトの女王《じょおう》クレオパトラです。

日本《にっぽん》では「世界三大美女《せかいさんだいびじょ》」のひとりに数《かぞ》えられていますね。

はたしてクレオパトラは、どんな顔《かお》をしていたのでしょうか。そして、どんな美人《びじん》だったのでしょうか。

知《し》りたいのは、わたしだけではないはず！

そこで、香里《かおり》、拓哉《たくや》、亮平《りょうへい》の三人《にん》に、タイムスリップしてクレオパトラの顔《かお》を見《み》てきてもらうことにしたのです。

クレオパトラでいちばん有名《ゆうめい》な「噂《うわさ》」は、「クレオパトラの鼻《はな》がもう少《すこ》し低《ひく》かったら、世界《せかい》の歴史《れきし》も変《か》わっていただろう。」です。

もうひとつは「毒蛇《どくじゃ》に咬《か》ませて自殺《じさつ》した。」です。

でも死《し》ぬときを舞台《ぶたい》にするのは悲《かな》しいので、クレオパトラが若々《わかわか》しい時代《じだい》を舞台《ぶたい》にすることにしました。いろいろ調《しら》べてみると、カエサル（シーザー）とはじめて会《あ》うシーンが印象的《いんしょうてき》だったので、すぐに決《き》まりました。

そして物語《ものがたり》の軸《じく》となる事件《じけん》をどうするか。

カエサルと会《あ》うシーンを思《おも》い描《えが》いていて、あるアイデアが浮《う》かびました。「あとがき」から読《よ》む人《ひと》もいるので、あとは読《よ》んでのお楽《たの》しみです。

今回《こんかい》も、世界史《せかいし》の知識《ちしき》がなくても楽《たの》しめるように、登場人物《とうじょうじんぶつ》の年表《ねんぴょう》、世界史《せかいし》の豆知識《まめちしき》、これまでのようにクイズも満載《まんさい》です！

香里《かおり》、拓哉《たくや》、亮平《りょうへい》の三人《にん》をどんな国《くに》、どんな時代《じだい》にタイムスリップさせたいか、どんな世界史上《せかいしじょう》の有名人《ゆうめいじん》に出《で》てきてほしいか、読者《どくしゃ》ハガキに書《か》いて送《おく》ってくださいね。じゃ。

二〇一七年《ねん》十一月《がつ》　楠木誠一郎《くすのきせいいちろう》

＊著者紹介

楠木誠一郎《くすのきせいいちろう》

1960年、福岡県生まれ。「タイムスリップ探偵団」シリーズ（講談社青い鳥文庫）のほか、『西郷隆盛』（講談社火の鳥伝記文庫）など、多くの著書がある。高校生のとき邪馬台国ブームで古代史好きになる。大学卒業後に歴史雑誌の編集者となり、広い範囲の歴史をカバーするようになった。小学生の頃の得意教科は社会と図工。苦手教科は算数と理科。ズバリ、エジプトといえば「ピラミッド！」

＊画家紹介

たはらひとえ

6月28日、鹿児島県生まれの千葉県育ち。カードや児童書の挿絵などを描いているイラストレーター。おもな作品に「タイムスリップ探偵団」シリーズ（講談社青い鳥文庫）、『王子とこじき』（「10歳までに読みたい世界名作23巻」学研プラス）など。小学生の頃の得意教科は体育と図工。苦手教科は音楽。そしてランドセルの色は黄色☆でした。ズバリ、エジプトといえば「ミイラ！」

この作品は書き下ろしです。

講談社 青い鳥文庫　223-36

クレオパトラと名探偵《めいたんてい》！

タイムスリップ探偵団《たんていだん》 古代《こだい》エジプトへ

楠《くすの》木《き》誠一郎《せいいちろう》

2017年12月15日　第1刷発行

（定価はカバーに表示してあります。）

発行者　鈴木　哲

発行所　株式会社講談社

東京都文京区音羽2-12-21　郵便番号112-8001

電話　編集（03）5395-3536

販売（03）5395-3625

業務（03）5395-3615

N.D.C.913　246p　18cm

装　丁　小松美紀子＋ベイブリッジスタジオ

久住和代

印　刷　図書印刷株式会社

製　本　図書印刷株式会社

本文データ制作　講談社デジタル製作

ISBN978-4-06-285669-0

おもしろい話がいっぱい！

パスワード シリーズ

パスワードは、ひ・み・つ new　松原秀行
パスワードのおくりもの new　松原秀行
パスワードに気をつけて new　松原秀行
パスワード謎旅行 new　松原秀行
パスワードとホームズ4世 new　松原秀行
続・パスワードとホームズ4世 new　松原秀行
パスワード「謎《パズル》」ブック　松原秀行
パスワード vs. 紅カモメ　松原秀行
パスワードで恋をして　松原秀行
パスワード龍《ドラゴン》伝説　松原秀行
パスワード魔法都市　松原秀行
パスワード春夏秋冬(上)(下)　松原秀行
魔法都市外伝 パスワード幽霊ツアー　松原秀行
パスワード地下鉄ゲーム　松原秀行
パスワード四百年パズル「謎《パズル》」ブック2　松原秀行
パスワード菩薩崎決戦　松原秀行
パスワード風浜クエスト　松原秀行
パスワード忍びの里 卒業旅行編　松原秀行
パスワード怪盗ダルジュロス伝　松原秀行
パスワード悪魔の石　松原秀行
パスワードダイヤモンド作戦！　松原秀行
パスワード悪の華　松原秀行
パスワード ドードー鳥の罠《わな》　松原秀行
パスワード レイの帰還　松原秀行
パスワード まぼろしの水　松原秀行
パスワード 終末大予言　松原秀行
パスワード 暗号バトル　松原秀行
パスワード外伝 猫耳探偵まどか　松原秀行
パスワード外伝 恐竜パニック　松原秀行
パスワード 渦巻き少女《ガール》　松原秀行
パスワード 東京パズルデート　松原秀行
パスワード UMA《ユーマ》騒動　松原秀行
パスワード はじめての事件　松原秀行
パスワード 探偵スクール　松原秀行
パスワード 学校の怪談　松原秀行

名探偵 夢水清志郎 シリーズ

そして五人がいなくなる　はやみねかおる
亡霊《ゴースト》は夜歩く　はやみねかおる
消える総生島　はやみねかおる
魔女の隠れ里　はやみねかおる
機巧館《からくりやかた》のかぞえ唄　はやみねかおる
踊る夜光怪人　はやみねかおる
ギヤマン壺の謎　はやみねかおる
徳利長屋の怪　はやみねかおる
人形は笑わない　はやみねかおる
「ミステリーの館」へ、ようこそ　はやみねかおる
あやかし修学旅行 鵺《ぬえ》のなく夜　はやみねかおる
笛吹き男とサクセス塾の秘密　はやみねかおる
オリエント急行とパンドラの匣《ケース》　はやみねかおる
ハワイ幽霊城の謎　はやみねかおる
卒業 開かずの教室を開けるとき　はやみねかおる
名探偵 vs. 怪人幻影師　はやみねかおる
名探偵 vs. 学校の七不思議　はやみねかおる
名探偵と封じられた秘宝　はやみねかおる

怪盗クイーン シリーズ

怪盗クイーンはサーカスがお好き　はやみねかおる
怪盗クイーンの優雅な休暇《バカンス》　はやみねかおる

怪盗クイーンと魔窟《まくつ》王の対決　はやみねかおる
怪盗クイーン、仮面舞踏会にて　はやみねかおる
怪盗クイーンに月の砂漠を　はやみねかおる
怪盗クイーン、かぐや姫は夢を見る　はやみねかおる
怪盗クイーンと悪魔の錬金術師《れんきんじゅつし》　はやみねかおる
怪盗クイーンと魔界の陰陽師《おんみょうじ》　はやみねかおる
ブラッククイーンは微笑《ほほえ》まない　はやみねかおる
怪盗道化師《ピエロ》　はやみねかおる
バイバイ スクール　はやみねかおる
オタカラウォーズ　はやみねかおる
少年名探偵WHO《フー》 透明人間事件　はやみねかおる
少年名探偵虹北恭助の冒険　はやみねかおる
ぼくと未来屋の夏　はやみねかおる
恐竜がくれた夏休み　はやみねかおる
復活!! 虹北学園文芸部　はやみねかおる

大中小《だいちゅうしょう》探偵クラブ シリーズ

大中小探偵クラブ (1)～(3)　はやみねかおる

タイムスリップ探偵団 シリーズ

坂本龍馬は名探偵!!　楠木誠一郎
平賀源内は名探偵!!　楠木誠一郎
聖徳太子は名探偵!!　楠木誠一郎
新選組は名探偵!!　楠木誠一郎
豊臣秀吉は名探偵!!　楠木誠一郎
福沢諭吉は名探偵!!　楠木誠一郎
一休さんは名探偵!!　楠木誠一郎
安倍晴明は名探偵!!　楠木誠一郎
宮沢賢治は名探偵!!　楠木誠一郎
宮本武蔵は名探偵!!　楠木誠一郎
徳川家康は名探偵!!　楠木誠一郎
平清盛は名探偵!!　楠木誠一郎
織田信長は名探偵!!　楠木誠一郎
真田幸村は名探偵!!　楠木誠一郎
源義経は名探偵!!　楠木誠一郎
清少納言は名探偵!!　楠木誠一郎
黒田官兵衛は名探偵!!　楠木誠一郎
伊達政宗は名探偵!!　楠木誠一郎
西郷隆盛は名探偵!!　楠木誠一郎
真田十勇士は名探偵!!　楠木誠一郎
関ヶ原で名探偵!!　楠木誠一郎
ナポレオンと名探偵!　楠木誠一郎

宮部みゆきのミステリー

ステップファザー・ステップ　宮部みゆき
今夜は眠れない　宮部みゆき
この子だれの子　宮部みゆき
蒲生邸《がもうてい》事件 (前編・後編)　宮部みゆき

お嬢様探偵ありす シリーズ

お嬢様探偵ありす (1)～(8)　藤野恵美
七時間目の怪談授業　藤野恵美
七時間目の占い入門　藤野恵美

名探偵 浅見光彦 シリーズ

ぼくが探偵だった夏　内田康夫
耳なし芳一からの手紙　内田康夫
しまなみ幻想　内田康夫

千里眼探偵部 シリーズ

千里眼探偵部 (1)～(2)　あいま祐樹

おもしろい話がいっぱい！

黒魔女さんが通る!! シリーズ

- 黒魔女さんが通る!! (0)〜(20)　石崎洋司
- 6年1組 黒魔女さんが通る!! (01)〜(03)　石崎洋司
- 黒魔女の騎士ギューバッド（全3巻）　石崎洋司
- 魔女学校物語 (1)〜(3)　石崎洋司

- おっことチョコの魔界ツアー　令丈ヒロ子 石崎洋司
- 恋のギュービッド大作戦！　令丈ヒロ子 石崎洋司
- 魔リンピックでおもてなし　令丈ヒロ子 石崎洋司

若おかみは小学生！ シリーズ

- 若おかみは小学生！ (1)〜(20)　令丈ヒロ子
- おっこのTAI-WANおかみ修業！　令丈ヒロ子
- 若おかみは小学生！スペシャル短編集 (1)〜(2)　令丈ヒロ子

アイドル・ことまり！ シリーズ

- 温泉アイドルは小学生！ (1)〜(3)　令丈ヒロ子
- アイドル・ことまり！ (1)〜(2)　令丈ヒロ子
- メニメニハート　令丈ヒロ子

妖界《ようかい》ナビ・ルナ シリーズ

- 妖界ナビ・ルナ (1)〜(3)　池田美代子
- 新 妖界ナビ・ルナ (1)〜(11)　池田美代子

劇部《げきぶ》ですから！ シリーズ

- 劇部ですから！ (1)〜(2)　池田美代子

摩訶不思議《まかふしぎ》ネコ・ムスビ シリーズ

- 秘密のオルゴール　池田美代子
- 迷宮のマーメイド　池田美代子
- 虹の国バビロン　池田美代子
- 海辺のラビリンス　池田美代子
- 幻の谷シャングリラ　池田美代子
- 太陽と月のしずく　池田美代子
- 氷と霧の国トゥーレ　池田美代子
- 白夜のプレリュード　池田美代子
- 黄金の国エルドラド　池田美代子
- 砂漠のアトランティス　池田美代子
- 冥府の国ラグナロータ　池田美代子
- 遥かなるニキラアイナ　池田美代子

- 海色のANGEL《エンジェル》 (1)〜(5)　池田美代子／作 手塚治虫／原案
- 13歳は怖い　池田美代子 辻みゆき 伊藤クミコ にかいどう青

講談社　青い鳥文庫

龍神王子《ドラゴン・プリンス》！シリーズ

龍神王子《ドラゴン・プリンス》！(1)〜(10)　宮下恵茉

パティシエ☆すばる　シリーズ

パティシエになりたい！　つくもようこ
ラズベリーケーキの罠《わな》　つくもようこ
記念日のケーキ屋さん　つくもようこ
誕生日ケーキの秘密　つくもようこ
ウエディングケーキ大作戦！　つくもようこ
キセキのチョコレート　つくもようこ
チーズケーキのめいろ　つくもようこ
夢のスイーツホテル　つくもようこ
はじまりのいちごケーキ　つくもようこ
おねがい！　カンノーリ　つくもようこ
パティシエ・コンテスト！(1)　つくもようこ

ふしぎ古書店　シリーズ

ふしぎ古書店 (1)〜(5)　にかいどう青

獣《けもの》の奏者《そうじゃ》　シリーズ

獣の奏者 (1)〜(8)　上橋菜穂子
物語ること、生きること　上橋菜穂子／著　瀧晴巳／文・構成

パセリ伝説　水の国の少女(1)〜(12)　倉橋燿子
パセリ伝説外伝　守り石の予言　倉橋燿子
ポレポレ日記《ダイアリー》(1)〜(5)　倉橋燿子
地獄堂霊界通信(1)〜(2)　香月日輪
妖怪アパートの幽《ゆう》雅《が》な日常　香月日輪
化け猫　落語(1)　みうらかれん

予知夢がくる！(1)〜(6)　東　多江子
フェアリーキャット(1)〜(3)　東　多江子
魔法職人たんぽぽ(1)〜(3)　佐藤まどか
ユニコーンの乙女(1)〜(3)　牧野　礼
それが神サマ!?(1)〜(3)　橘　もも
プリ・ドリ(1)〜(2)　たなかりり
放課後ファンタスマ！(1)〜(3)　桜木日向
放課後おばけストリート(1)〜(2)　桜木日向

学校の怪談　ベストセレクション　常光　徹

宇宙人のしゅくだい　小松左京
空中都市008　小松左京
青い宇宙の冒険　小松左京
ねらわれた学園　眉村　卓

おもしろい話がいっぱい！

泣いちゃいそうだよ シリーズ

- 泣いちゃいそうだよ　小林深雪
- もっと泣いちゃいそうだよ　小林深雪
- いいこじゃないよ　小林深雪
- ひとりじゃないよ　小林深雪
- ほんとは好きだよ　小林深雪
- かわいくなりたい　小林深雪
- ホンキになりたい　小林深雪
- いっしょにいようよ　小林深雪
- もっとかわいくなりたい　小林深雪
- 夢中になりたい　小林深雪
- 信じていいの？　小林深雪
- きらいじゃないよ　小林深雪
- ずっといっしょにいようよ　小林深雪
- やっぱりきらいじゃないよ　小林深雪
- 大好きがやってくる 七星《ななせ》編　小林深雪
- 大好きをつたえたい 北斗《ほくと》編　小林深雪
- 大好きな人がいる 北斗&七星編　小林深雪
- 泣いてないってば！　小林深雪
- 神様しか知らない秘密　小林深雪
- 七つの願いごと　小林深雪
- 転校生は魔法使い　小林深雪
- わたしに魔法が使えたら　小林深雪
- 天使が味方についている　小林深雪
- 女の子ってなんでできてる？　小林深雪
- 男の子ってなんでできてる？　小林深雪
- ちゃんと言わなきゃ　小林深雪
- もしきみが泣いたら　小林深雪
- 魔法の一瞬で好きになる　小林深雪
- 作家になりたい！(1)〜(2)　小林深雪

トキメキ♥図書館 シリーズ

- トキメキ♥図書館(1)〜(14)　服部千春
- たまたま　たまちゃん　服部千春

生活向上委員会！ シリーズ

- 生活向上委員会！(1)〜(5)　伊藤クミコ

エトワール！ シリーズ

- エトワール！(1)〜(2)　梅田みか

DAYS《デイズ》 シリーズ

- DAYS(1)〜(2)　安田剛士／原作　石崎洋司／文

- おしゃれプロジェクト(1)　MIKA POSA
- a《エ》ir《ア》 だれも知らない5日間　名木田恵子
- 初恋×12歳　名木田恵子
- 友恋×12歳　名木田恵子
- ドラキュラの町で、二人は　名木田恵子
- ぼくはすし屋の三代目　佐川芳枝

氷の上のプリンセス シリーズ

氷の上のプリンセス(1)〜(9)　風野　潮

探偵チームKZ《カッズ》事件ノート シリーズ

消えた自転車は知っている　藤本ひとみ／原作　住滝　良／文
切られたページは知っている　藤本ひとみ／原作　住滝　良／文
キーホルダーは知っている　藤本ひとみ／原作　住滝　良／文
卵ハンバーグは知っている　藤本ひとみ／原作　住滝　良／文
緑の桜は知っている　藤本ひとみ／原作　住滝　良／文
シンデレラ特急は知っている　藤本ひとみ／原作　住滝　良／文
シンデレラの城は知っている　藤本ひとみ／原作　住滝　良／文
クリスマスは知っている　藤本ひとみ／原作　住滝　良／文
裏庭は知っている　藤本ひとみ／原作　住滝　良／文
初恋は知っている　若武編　藤本ひとみ／原作　住滝　良／文

天使が知っている　藤本ひとみ／原作　住滝　良／文
バレンタインは知っている　藤本ひとみ／原作　住滝　良／文
ハート虫は知っている　藤本ひとみ／原作　住滝　良／文
お姫さまドレスは知っている　藤本ひとみ／原作　住滝　良／文
青いダイヤが知っている　藤本ひとみ／原作　住滝　良／文
赤い仮面は知っている　藤本ひとみ／原作　住滝　良／文
黄金の雨は知っている　藤本ひとみ／原作　住滝　良／文
七夕姫は知っている　藤本ひとみ／原作　住滝　良／文
消えた美少女は知っている　藤本ひとみ／原作　住滝　良／文
妖怪パソコンは知っている　藤本ひとみ／原作　住滝　良／文
本格ハロウィンは知っている　藤本ひとみ／原作　住滝　良／文
アイドル王子は知っている　藤本ひとみ／原作　住滝　良／文
学校の都市伝説は知っている　藤本ひとみ／原作　住滝　良／文
危ない誕生日ブルーは知っている　藤本ひとみ／原作　住滝　良／文

妖精チームG《ジェニ》事件ノート シリーズ

クリスマスケーキは知っている　藤本ひとみ／原作　住滝　良／文
星形クッキーは知っている　藤本ひとみ／原作　住滝　良／文
5月ドーナツは知っている　藤本ひとみ／原作　住滝　良／文

マリー・アントワネット物語(上)(中)(下)　藤本ひとみ
新島八重《にいじまやえ》物語　幕末《ばくまつ》・維新《いしん》の銃姫《じゅうき》　藤本ひとみ

戦国武将物語 シリーズ

織田信長《おだのぶなが》　炎の生涯　小沢章友
豊臣秀吉《とよとみひでよし》　天下の夢　小沢章友
徳川家康《とくがわいえやす》　天下太平　小沢章友
黒田官兵衛《くろだかんべえ》　天下一の軍師　小沢章友
武田信玄《たけだしんげん》と上杉謙信《うえすぎけんしん》　小沢章友
真田幸村《さなだゆきむら》　風雲！ 真田丸　小沢章友
大決戦！ 関ケ原《せきがはら》　小沢章友
徳川四天王《とくがわしてんのう》　小沢章友
飛べ！ 龍馬《りょうま》　坂本龍馬物語　小沢章友
源氏物語《げんじものがたり》　あさきゆめみし(1)〜(5)　大和和紀／原作　時海結以／文
平家物語《へいけものがたり》　夢を追う者　時海結以
竹取物語《たけとりものがたり》　蒼き月のかぐや姫　時海結以
枕草子《まくらのそうし》　清少納言のかがやいた日々　時海結以
南総里見八犬伝《なんそうさとみはっけんでん》(1)〜(3)　曲亭馬琴／原作　時海結以／文
真田十勇士《さなだじゅうゆうし》　時海結以
雨月物語《うげつものがたり》　上田秋成／原作　時海結以／文

おもしろい話がいっぱい！

ムーミンシリーズ

ムーミン谷の彗星　ヤンソン
たのしいムーミン一家　ヤンソン
ムーミンパパの思い出　ヤンソン
ムーミン谷の夏まつり　ヤンソン
ムーミン谷の冬　ヤンソン
ムーミン谷の仲間たち　ヤンソン
ムーミンパパ海へいく　ヤンソン
ムーミン谷の十一月　ヤンソン
小さなトロールと大きな洪水　ヤンソン

ギリシア神話　遠藤寛子／文
聖書物語　旧約編　香山彬子／文
聖書物語　新約編　香山彬子／文
西遊記　呉　承恩
アラジンと魔法のランプ　川真田純子／訳

三国志（全1巻）　羅　貫中
三国志 (1)〜(7)　小沢章友

美女と野獣　七つの美しいお姫さま物語　ボーモン夫人　グリム兄弟　アンデルセン

青い鳥　メーテルリンク

赤毛のアンシリーズ

赤毛のアン　モンゴメリ
アンの青春　モンゴメリ
アンの愛情　モンゴメリ
アンの幸福　モンゴメリ
アンの夢の家　モンゴメリ

ピーター・パンとウェンディ　バリ
ふしぎの国のアリス　キャロル
鏡の国のアリス　キャロル
リトル プリンセス 小公女　バーネット

秘密の花園 (1)〜(3)　バーネット

若草物語　オルコット
若草物語 (2) 夢のお城　オルコット
若草物語 (3) ジョーの魔法　オルコット
若草物語 (4) それぞれの赤い糸　オルコット

大きな森の小さな家　ワイルダー
大草原の小さな家　ワイルダー
ニルスのふしぎな旅　ラーゲルレーフ
長くつしたのピッピ　リンドグレーン

講談社　青い鳥文庫

あしながおじさん　ウェブスター
飛ぶ教室　ケストナー
賢者の贈り物　O・ヘンリー
クリスマス キャロル　ディケンズ
名作で読むクリスマス　青い鳥文庫／編
アルプスの少女ハイジ　スピリ
星の王子さま　サン=テグジュペリ
オズの魔法使い　ドロシーとトトの大冒険　バーム
名犬ラッシー　ナイト
フランダースの犬　ウィーダ
レ・ミゼラブル　ああ無情　ユーゴー
巌窟王　モンテ=クリスト伯　デュマ
三銃士　デュマ

トム・ソーヤーの冒険　トウェーン
シートン動物記　おおかみ王ロボ ほか　シートン
シートン動物記　岩地の王さま ほか　シートン
シートン動物記　タラク山のくま王 ほか　シートン
ファーブルの昆虫記　ファーブル
ガリバー旅行記　スウィフト
ジャングル・ブック　キプリング
十五少年漂流記　ベルヌ
海底2万マイル　ベルヌ
タイムマシン　ウェルズ
ロスト・ワールド　失われた世界　ドイル
宝島　スチーブンソン
ロビンソン漂流記　デフォー
ハヤ号セイ川をいく　ピアス
オリエント急行殺人事件　クリスティ
ルパン対ホームズ　ルブラン

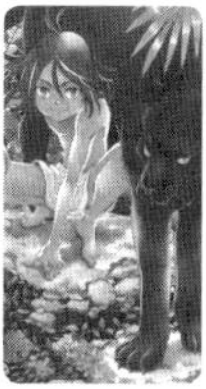

名探偵ホームズシリーズ

名探偵ホームズ　赤毛組合　ドイル
名探偵ホームズ　バスカビル家の犬　ドイル
名探偵ホームズ　まだらのひも　ドイル
名探偵ホームズ　消えた花むこ　ドイル
名探偵ホームズ　緋色の研究　ドイル
名探偵ホームズ　四つの署名　ドイル
名探偵ホームズ　ぶな屋敷のなぞ　ドイル
名探偵ホームズ　最後の事件　ドイル
名探偵ホームズ　恐怖の谷　ドイル
名探偵ホームズ　三年後の生還　ドイル
名探偵ホームズ　囚人船の秘密　ドイル
名探偵ホームズ　六つのナポレオン像　ドイル
名探偵ホームズ　悪魔の足　ドイル
名探偵ホームズ　金縁の鼻めがね　ドイル
名探偵ホームズ　サセックスの吸血鬼　ドイル
名探偵ホームズ　最後のあいさつ　ドイル

「講談社《こうだんしゃ》 青《あお》い鳥《とり》文庫《ぶんこ》」刊行《かんこう》のことば

太陽《たいよう》と水《みず》と土《つち》のめぐみをうけて、葉《は》をしげらせ、花《はな》をさかせ、実《み》をむすんでいる森《もり》。小《こ》鳥《とり》や、けものや、こん虫《ちゅう》たちが、春《はる》・夏《なつ》・秋《あき》・冬《ふゆ》の生活《せいかつ》のリズムに合《あ》わせてくらしている森《もり》。森《もり》には、かぎりない自然《しぜん》の力《ちから》と、いのちのかがやきがあります。

本《ほん》の世界《せかい》も森《もり》と同《おな》じです。そこには、人間《にんげん》の理想《りそう》や知恵《ちえ》、夢《ゆめ》や楽《たの》しさがいっぱいつまっています。

本《ほん》の森《もり》をおとずれると、チルチルとミチルが「青《あお》い鳥《とり》」を追《お》い求《もと》めた旅《たび》で、さまざまな体験《たいけん》を得《え》たように、みなさんも思《おも》いがけないすばらしい世界《せかい》にめぐりあえて、心《こころ》をゆたかにするにちがいありません。

「講談社《こうだんしゃ》 青《あお》い鳥《とり》文庫《ぶんこ》」は、七十年《ねん》の歴史《れきし》を持《も》つ講談社《こうだんしゃ》が、一人《ひとり》でも多《おお》くの人《ひと》のために、すぐれた作品《さくひん》をよりすぐり、安《やす》い定価《ていか》でおおくりする本《ほん》の森《もり》です。その一さつ一さつが、みなさんにとって、青《あお》い鳥《とり》であることをいのって出版《しゅっぱん》していきます。この森《もり》が美《うつく》しいみどりの葉《は》をしげらせ、あざやかな花《はな》を開《ひら》き、明日《あす》をになうみなさんの心《こころ》のふるさととして、大《おお》きく育《そだ》つよう、応援《おうえん》を願《ねが》っています。

昭和《しょうわ》五十五年《ねん》十一月《がつ》

講談社